FOLIO POLICIER

Marc Behm

# La Vierge de Glace

*Traduit de l'américain par Rosine Fitzgerald*

Gallimard

*Titre original :*

THE ICE MAIDEN

Marc Behm est né dans le New Jersey en 1925. Après son service militaire en Europe, il épouse une Française. Il renonce à son métier d'acteur de théâtre et de télévision, qu'il juge « trop épuisant » et se lance dans l'écriture de scénarios (*Charade*, 1963, *Le retour du docteur Mabuse*, 1966, *Quelqu'un derrière la porte*, 1971 ou encore *Les Trois Mousquetaires*, 1974). En 1978, il publie son premier roman, *La reine de la nuit*, puis *Mortelle randonnée*, couronné en 1982 du prix 813. Paraît ensuite *La Vierge de Glace*, premier roman d'une série de titres où il fait preuve d'une imagination aussi délirante que décapante. Marc Behm est l'un des auteurs les plus novateurs du roman noir de ces dernières années.

PREMIÈRE PARTIE

# CONDUIS-NOUS, MONSTRE, NOUS SUIVRONS

LA TEMPÊTE

# I

Assis dans un égout, se prélassant dans un amas de fange, le monstre se rappelait la forêt.

La forêt, les lacs, les sauvages...

Enfer et damnation ! Cela remontait si loin, loin, loin dans le passé !

Les Mohawks, les Oneidas, les Senecas...

Il fronça les sourcils. Pourquoi ? Pourquoi pensait-il ces pensées indiennes ? Ses yeux de renard brillèrent quand il regarda autour de lui. Pourquoi ?

Il était puant, abominable, sa barbe et ses cheveux lui arrivaient à la taille, son pardessus vétuste était visqueux de vase. Seulement, il était en sécurité. En sécurité. L'égout était un havre, un labyrinthe infini capable d'abriter des douzaines de Minotaures. Il pouvait s'y cacher toute une éternité.

Peut-être était-ce là l'explication de ses souvenirs. L'égout, oui. Et la forêt... Les havres... La sécurité... Les Pouilleux Lurons... Aliénor... le pilori... Non, non ! Minute ! Il s'agissait d'une autre forêt, dans un *autre* siècle ! Il commençait à s'embrouiller ! Du vin ! Il lui fallait un verre de vin... non, pas encore... tout à l'heure, avant de se retirer, il se régalerait d'un rat en dégustant du Clos-Vougeot... Mais, pour le moment, il lui suffisait de ruminer ces souvenirs confus.

Enfer et damnation ! Que signifiaient-ils ?

Il était arrivé dans le Nouveau Monde au XVIe... non, au XVIIe siècle... Dans les années 1620, oui...

Il lécha ses lèvres épaisses en s'acharnant à se concentrer.

Avant cela, il y avait eu Nottingham... le marécage... Les Archers du Roi massacrés... Jacques Ier à l'esprit fumeux... puis cette effroyable traversée dans trois mauvais bateaux de pêche...

Oui, alors les Indiens dataient des années 1620.

Enfer et damnation ! Pourquoi son esprit était-il pareillement embrouillé ? D'habitude, il était capable de réfléchir beaucoup plus clairement. Était-il en train de devenir sénile ? Fi donc !

Peut-être une petite goutte de vin pour s'éclaircir les idées ?... Non... pas de vin... Des *Indiens !* Des Indiens rôdaient dans son pauvre cerveau surmené ; il fallait les affronter avec sobriété.

Alors. La frontière du Lac Ontario. Cela se passait au XVIIIe siècle.

Les colons s'étaient montrés gênants, mais les Iroquois l'avaient laissé tranquille. Ils lui avaient même donné du tabac, de temps en temps, et l'avaient autorisé à dormir en paix dans leurs châteaux et leurs lieux de sépulture pendant des mois d'affilée. En échange, il n'avait jamais attaqué aucun de leurs guerriers, aucune de leurs squaws. Certainement pas ! Ç'eût été de la folie furieuse ! S'ils l'avaient toléré, c'était uniquement parce que toutes ses victimes étaient leurs ennemis... des Blancs, Français, Américains et Canadiens, ou même les Indiens Wyandots et Mingos du Lac Érié.

Anthony avait une passion pour les robustes filles Mingos.

Anthony ?

Ha ! Voilà ! Tonnerre de Dieu ! Rien d'étonnant à ce qu'il fût tout interdit ! *Il pensait les pensées d'Anthony !*

Il ferma les yeux et vit tomber la neige.

*

Tony mourait confortablement, étendu, à demi éveillé, se glissant en douceur dans et hors de l'esprit du monstre, s'y introduisant sans autorisation, mais sans même s'en rendre compte.

Mais où diable était-il ?

Neige... bois... icebergs sur la rivière... Ah, oui ! La région limitrophe ! Les Indiens ! Les années 1770 !

Il s'était rendu dans la vallée en novembre pour y chasser le loup gris. Tout le chemin depuis Albany, dans une saloperie de tempête de neige !

Le Roi George.. Le Congrès Continental... Lexington et Concord...

Son père l'avait mis en garde : *Si les Iroquois te prennent, dis-leur que tu es anglais et ils te laisseront tranquille. Mais pour l'amour du ciel, ne va pas te vanter d'être américain, sinon ils te trancheront le dessus du crâne avec un tomahawk !*

Il avait vécu avec les hommes des frontières dans une enceinte fortifiée et, chaque matin, il était allé à la chasse. Raquettes aux pieds, il marchait dans les bois pendant toute la journée puis, à la tombée du jour, il rentrait au village avec un chevreuil et des dindes ou des canards... Mazette ! Il avait vraiment fait ça ? Tony Logan, le trappeur ! L'Américain de vieille souche ! Incroyable !

Un soir, il avait vu le plus gros de tous les gibiers traverser en glissant l'étang gelé. Ils étaient enveloppés dans des capes velues et il les avait d'abord pris pour des ours. Puis il avait vu la peinture sur leur visage. Ciel ! Des Mohawks ! Aujourd'hui encore, malgré le passage des siècles, le souvenir le faisait sursauter. Il s'était précipité derrière une clôture et ils étaient passés juste devant lui — vingt ou trente Mohawks, des brutes gigantesques, armés de gourdins et de mousquets.

Ils avaient incendié toutes les cabanes entre la palissade et la cascade, scalpé une douzaine de traînards et rôti leurs corps sur les feux. (Ils n'avaient mangé personne. Ceux qui affirmaient que les Iroquois étaient cannibales disaient des conneries.)

Ils avaient quitté la vallée à minuit.

Tony avait attendu qu'ils soient repassés de l'autre côté de l'étang pour sortir de sa cachette.

Évitant la piste, il avait couru entre les arbres vers la prochaine ferme. Il avait alors entendu un hurlement derrière lui. *Ououououou !* Terrifié, il s'était retourné... et avait vu le loup qui se tenait là, au clair de lune !

Le loup s'était évaporé, transformé en flocons de neige étincelants, tout en grognant et en grondant. *Holà ! Pas si vite !* C'est alors qu'émergeant des scintillements et des braises, le monstre lui était apparu et l'avait supplié :

— *Viens avec moi, jeune homme, car je suis seul et souhaite partager mon éternité avec un ami.*

Et il l'avait mordu à la gorge.

Après quoi, Tony n'avait plus été américain ni anglais. Ou quoi que ce soit d'humain.

*

Dans son égout, le monstre soupira.

Anthony avait été sa première vraie victime aux Colonies. Il n'avait jamais « tué » quelqu'un avant, car il avait trop peur de peupler la campagne de vampires. Mais oui... C'était vrai... Il s'était senti terriblement seul après tant d'années passées dans ces régions sauvages. Il avait eu soif de la compagnie de quelqu'un de son espèce, quelqu'un avec qui il pourrait s'entretenir, discuter, quelqu'un qui serait à même d'apprécier sa maîtrise du violon et de la répartie.

Il était donc allé jusqu'au bout et avait saigné ce pauvre Anthony jusqu'à la dernière goutte.

Le monstre traînant la carcasse de sa proie sur un traîneau, ils avaient suivi les Indiens jusqu'à Johnstown. Au matin, dans un wigwam au bord de la rivière Mohawk, ils avaient ensemble traversé le Styx. Avant de rendre l'âme, le gamin avait gigoté et hurlé comme un fou, tant et si bien qu'il avait fichu les foies aux Mohawks. La scène avait été franchement éprouvante ! Il avait quand même fini par expirer — maladroitement ; il avait saboté sa sortie, comme il bousillait tout ce qu'il faisait.

Ils avaient passé l'hiver à Canadesaga et Great Seneca Castle, où le monstre avait enseigné toutes les ficelles du métier à son élève. Seulement, à ce moment-là, la guerre ayant été déclarée, on ne trouvait plus, nulle part, d'asile. Ils s'étaient enfuis vers le sud, suivant le cours de la Susquehanna et de la Delaware jusqu'à Philadelphie, où ils avaient acheté une petite propriété à Bryn Mawr. Ils s'étaient cachés là, jusqu'à la fin des hostilités, en 83. C'est alors que le père d'Anthony était mort à Albany. Son fils était son seul légataire. Avec l'héritage, ils s'étaient installés à New York.

En 85, ils avaient acheté un brigantin, avaient engagé un équipage de repris de justice et avaient fait route vers l'Europe. Ils avaient visité les côtes de France, d'Angleterre, de Hollande, du Portugal, d'Espagne et d'Italie, demeurant toujours dans des ports, louant des villas au bord de la mer, dépensant le moins possible car ils savaient fort bien que leurs lettres de crédit n'étaient pas, comme eux, douées d'éternité.

*

Dans son demi-sommeil, Tony souriait en se rappelant le voyage. Un voyage super ! Lisbonne, Naples, Bordeaux, Amsterdam...

Dommage qu'ils n'aient pas pu aller dans l'intérieur, à Vienne, par exemple, pour faire la connaissance de Mozart et de Beethoven. Ils étaient pourtant allés à Londres plusieurs fois. Ils avaient vu Keen dans *Othello* et entendu Mendelssohn diriger la *Missa Solemnis* et la *Pastorale*. Et quand ils étaient à... où était-ce ? Livourne ? Gênes ? ils avaient souvent dîné avec Shelley et son épouse. Ils avaient joué au whist et fait des trios avec le vieux Jacquot Meyerbeer, au Havre.

Une telle tournée serait-elle faisable, aujourd'hui ? Peut-être. Avec un yacht particulier et environ trois cent mille dollars par an... *Non, merci !* grommela le monstre. *Pour rien au monde je ne voudrais me soumettre à nouveau à pareille épreuve !*

Il avait rarement assassiné sa proie, mais Anthony, avec cet exaspérant laisser-aller des jeunes, n'arrêtait pas de tuer ses victimes. Enfer et damnation ! En Italie, il avait failli s'attaquer à M^me^ Shelley ! En conséquence, ils avaient été continuellement en cavale et forcés de changer deux fois de brigantin et vingt fois d'équipage.

Ils étaient rentrés à New York en 1855. Leur long voyage avait duré soixante-dix ans.

Dans une tentative désespérée pour demeurer solvables, ils avaient vendu leur bateau, étaient d'abord devenus agents de change, puis spéculateurs fonciers. Ensuite, pendant la Guerre civile, ils avaient tenté leur chance dans le vêtement en fabriquant des uniformes pour l'Armée fédérale. Dès les années 1870, ayant fait banqueroute et n'ayant plus un rond, ils étaient tous deux veilleurs de nuit dans un entrepôt de Brooklyn.

Puis ils s'étaient disputés.

Anthony avait tué une fille dans le Bronx et les pasteurs d'une douzaine de paroisses avaient formé des milices de citadins qui veillaient au maintien de l'ordre. Du jour au lendemain la populace enragée, armée de fourches et de torches, avait sillonné les rues de la ville à la recherche de monstres cachés. Un soir, dans la 42e Rue, ils étaient tombés sur sa petite amie du Bronx, qui n'était pas encore morte, et lui avaient enfoncé un pieu dans le cœur, coupé la tête et bourré la bouche de gousses d'ail. Et pour tout arranger, ils avaient trouvé l'adresse d'Anthony dans sa poche !

Le monstre en avait eu assez.

Ils s'étaient enfuis dans le New Jersey, s'étaient dit adieu à Trenton et avaient suivi chacun son chemin, le monstre en direction de Chicago, Anthony en direction de Baltimore ou d'ailleurs.

Ils n'avaient plus jamais entendu parler l'un de l'autre.

*

Jusqu'à ce soir !

Ce qui était sûr, c'était qu'Anthony était maintenant dans les parages. Le monstre leva les yeux vers le plafond dégouttant de l'égout. Là-haut, quelque part dans la ville. Le butor ! Mille tonnerres ! Il espérait bien que ce pauvre imbécile avait un peu évolué depuis les XVIIIe et XIXe siècles, qu'il était devenu plus circonspect et...

Soudain, il frémit quand les picotements prémonitoires de la lumière du jour lui agacèrent le dos.

Il sortit à quatre pattes de l'amas de fange, attrapa un rat, lui arracha la tête et, d'un seul trait assoiffé, le vida de son sang. Puis il se mit debout, marcha vers l'arrière du tunnel, prit une bouteille sur une étagère, la déboucha, s'emplit la bouche de Clos-Vougeot, le savoura avec volupté et l'avala avec une faible plainte.

Il bâilla et se dirigea lentement vers un profond renfoncement dans le mur crasseux. Là, sur un rebord, était posée une boîte pourrissante. Il y grimpa, prit son violon et joua un passage du mouvement larghetto d'un concerto en ré majeur.

Anthony ! Enfer et damnation !

*Eh bien*, dit-il avec un petit rire, *où que tu sois, mon gars, bonne chance !*

Il posa le violon, s'allongea, leva le bras et referma le couvercle du cercueil.

## II

Cora se réveilla comme elle le faisait toujours à sept heures du soir. D'un coup de reins, elle sortit de sa bière et se précipita à la fenêtre dont elle écarta le store pour voir la lumière du jour.

Le crépuscule d'automne était encore doré et le ciel balayé d'un dégradé de tons pastel. Les arbres dans le parc, de l'autre côté de l'avenue, étaient une débauche de jaunes et de verts meurtriers.

À l'ouest, juste derrière les gratte-ciel, c'étaient les dernières lueurs argentées du soleil couchant.

Elle grogna de douleur, une douleur exquise poussée presque jusqu'à l'extase par la nostalgie, le désir, le regret.

Le soleil !

Mais non... il avait disparu, plongé dans la noircissure, emporté par une marée d'encre rouge.

Elle regarda les arbres, en bas, et sentit le sang couler dans ses veines. Bientôt l'hiver... Elle ne verrait plus le ciel jusqu'en avril... elle se réveillerait au clair de lune et le parc ne serait qu'un abîme d'obscurité.

Elle retira sa chemise de nuit ; se laissa tomber, nue, sur le sol et fit dix tractions. Peu à peu, sa respiration se réchauffa, ses yeux s'animèrent, son cœur se mit à battre au rythme familier d'un boléro à trois temps qui la soutiendrait tout au long de la nuit.

D'un bond elle se leva puis alla dans la salle de bains et prit une douche.

L'eau brûlante, en cinglant sa peau, emporta les flétrissures de la mort et la colora d'un rouge cuivré. Elle se brossa les dents et se coiffa, puis elle épongea le sol, récura le carrelage et essuya les robinets. Toujours nue, elle retourna dans la chambre, ouvrit la fenêtre, retira du cercueil le couvre-lit en satin et le posa sur le rebord de la fenêtre. Alors elle tira les six gros verrous qui fermaient la porte et entra dans le salon.

L'appartement petit, douillet, presque vide — chambre, salle de bains, salon, kitchenette — était situé au neuvième étage d'un immeuble proche du parc, et lui coûtait cinq cents dollars par mois. Elle l'avait entièrement retapissé trois semaines plus tôt et il avait encore l'air neuf. La couleur principale était le bleu, aigue-marine pour le plafond, azur pour la moquette.

Sur le mur, entre deux larges fenêtres du salon, était accroché son portrait, peint par James Whistler, à Londres, en 1899. On la voyait assise dans un jardin fleuri et jouant du violoncelle. Elle n'avait que vingt-trois ans, cet été-là. Elle n'avait pas changé depuis — pas un brin. Pourtant, elle était maintenant âgée de cent cinq ans.

Elle monta sur un tabouret pour dépoussiérer le tableau à l'aide d'un plumeau. Son violoncelle reposait juste au-dessous, contre la fenêtre. Elle l'épousseta aussi avec un chiffon de flanelle. Elle sortit un aspirateur du placard et le promena sur la moquette.

Il était sept heures et demie.

Elle posa un disque sur la platine de sa chaîne stéréo — la 4e Symphonie de Bruckner — et entra dans sa petite cuisine impeccable pour boire un verre de jus d'orange.

Elle se sentait merveilleusement bien, comme toujours pendant les quelques premières heures de sa renaissance, où elle était pleine à ras bord du bonheur de revivre, de respirer et de goûter, d'écouter et d'estimer. La joie accéléra le rythme de boléro de son cœur ; elle leva une longue jambe et toucha le mur du bout de son orteil. Elle commençait à se sentir excitée et aurait bien aimé faire l'amour avec n'importe qui — ou quoi — un homme, un ours, un léopard — qu'importe ! Elle se contenta de s'adosser au réfrigérateur dont le froid lisse apaisa sa peau nue.

Oui, la vie était chouette, pas moyen d'en douter. Tout en rinçant le verre et en lavant l'évier, elle chanta :

*La vie est vraie, elle est sincère*
*La tombe n'est pas son objet.*
*Tu es poussière et seras poussière,*
*Ce n'est pas d' l'âme qu'on parlait.*

Puis elle s'obligea à évoquer des pensées déprimantes, car exister signifiait aussi — hélas ! — regarder les choses en face. Elle avait besoin d'au moins cinq ou six mille dollars pour payer ses dettes et renouveler sa garde-robe. Toutes ses robes et manteaux étaient élimés, ses bottes et ses chaussures éculées. Les apparences étaient d'une importance vitale ! Ses voisins savaient qu'elle travaillait la nuit et n'acceptaient cette irrégularité que parce qu'elle était chic, qu'elle avait du charme et qu'elle était manifestement solvable. Mais si elle se mettait à aller et venir parmi eux vêtue comme une pauvresse, ils en seraient indignés et chercheraient à se renseigner sur elle. Renouveler sa garde-robe était donc une nécessité absolue. Cependant, c'était le loyer qui lui posait le plus gros problème. Elle devait quinze cents dollars à sa propriétaire. Catastrophe ! Oh, mon Dieu, si elle se faisait expulser, elle serait vraiment dans le pétrin. Cela lui serait même fatal ! Où irait-elle ? Où pourrait-elle se cacher ? Il fallait qu'elle paie immédiatement — ce soir — cette vacherie de loyer. Ce qui voulait dire... taper Argoli encore une fois. Zut !

Elle retourna dans la chambre, ferma son cercueil, l'enduisit de cire Johnson, le fit briller, alla chercher le couvre-lit sur le rebord de la fenêtre, le plia, ferma la fenêtre. La pièce était une glacière. Elle ressentait avec délices des millions de petits coups d'épingle folâtres. Bon, commençons par le commencement, se dit-elle. Il lui restait six cents dollars. Argoli, l'ordure, lui avancerait bien neuf cents dollars, sinon... eh bien, elle mettrait le violoncelle au clou.

Elle chanta en s'habillant — tailleur Chanel, bottillons italiens, manteau de loden bleu :

*Ne me dis pas en vers chagrins*
*Que la vie est chimère creuse*
*L'âme meurt d'un sommeil malsain*
*Les apparences sont trompeuses !*

En descendant en ascenseur, elle prit la résolution de se venger si elle était virée de son appartement. Et comment... elle réglerait ses comptes une fois pour toutes et les ferait payer, ces salauds, même s'il lui fallait risquer le tout pour le tout. Il y avait, à son étage, au moins quatre locataires qu'elle avait l'intention d'attaquer avant de partir. Pour commencer, la garce prétentieuse du 9 b qui avait écrit à la propriétaire pour se plaindre, à cause du violoncelle. Quel plaisir de sucer son cou de girafe et de la vider de son sang ! Et ce couple petit-bourgeois épouvantable au 9 g, M. et Mme Trouduc ! Quand elle avait redécoré son appartement, ils avaient fait toute une histoire à propos des odeurs de peinture. Et les deux *gays* extravagants, antiquaires ou autres, qui habitaient le 9 f. Ils avaient raconté à tous les gens du neuvième étage qu'elle était call-girl ! Cochons de pédés ! Elle les viderait jusqu'à la dernière goutte ! Elle les tuerait tous en masse ! Pareils à des espions, ils la surveillaient depuis des années, attendant son premier faux pas pour se ruer sur elle, la mettant constamment sur ses gardes. Elle allait les anihiler !

Dans le hall, elle sortit sa clé et ouvrit sa boîte à lettres. Il y avait trois enveloppes. La facture du téléphone, la facture d'électricité et... oui, c'était bien ça. Le loyer !

Elle franchit précipitamment la porte de l'immeuble comme si elle fuyait le jugement de toute la maison. C'était intolérable ! Elle avait l'impression d'être sournoise.

Sa mauvaise humeur disparut quand elle se mit à marcher dans l'avenue, côté parc, en respirant l'air froid du mois d'octobre. Une bonne nuit pour chasser, ça, oui ! Pour escalader les murs et se glisser dans les buissons, pour ouvrir des cols et renifler l'odeur moite des gorges. Des gorges ! Enivrantes gorges à l'odeur chaude de transpiration et de laine, de tabac et de lotion après-rasage, de déodorant et de soie, de « *Je Reviens* » et de sang ! De sang ! De sang bouillonnant... Hosannah !

Elle tremblait, surexcitée. Elle n'avait pas bu tout son soûl depuis... depuis quand ? Depuis le dernier *Thanksgiving*, une belle fille dans une porte cochère, dans le Centre... elle avait un goût de miel, de roses, de cidre et...

Elle contint sa soif. Et puis, zut ! La barbe ! Tout se passait dans sa tête.

La maison était juste après le coin, dans Woodland Street, à une vingtaine de mètres. Elle s'arrêta devant la grille et regarda entre les barreaux, fascinée. On aurait dit un château de style gothique, sombre et menaçant, énorme, entouré d'arbres et de massifs d'arbustes. Elle était inoccupée depuis trois ans. La pancarte *À VENDRE* était toujours sur la clôture. Personne ne l'achèterait jamais. Elle était trop chère. Elle coûtait quatre-vingt mille dollars. Elle le savait parce qu'elle avait téléphoné à l'agence pour demander le prix.

Elle avait jadis vécu dans une maison pareille à celle-ci... il y avait bien longtemps, à Boston...

Quelque part dans le voisinage, un loup poussa un hurlement lugubre.

## III

Cora Dana naquit en 1876, l'année où M. Alexander Graham Bell inventa le téléphone.

Son père, Bayazid Fenimore Dana IV, possédait dcux chantiers navals et une banque. Sa mère était une Cromwell, descendante de la branche américaine de la famille du Protecteur.

Ils habitaient un hôtel particulier de onze pièces dans Beacon Street, non loin de l'Atheneum de Boston. Dans une célèbre lettre à Herman Melville, Nathaniel Hawthorne décrivit le quartier, ses rues et ses somptueuses demeures, en termes élogieux.

La chambre de Cora, située au premier étage à l'arrière de la maison, était tapissée d'un papier lumineux à motifs de tournesols, et avait deux fenêtres donnant sur un verger et un étang à poissons. Dans son vestiaire particulier, il y avait trois armoires normandes, une pour ses robes, une pour ses bonnets, une pour ses poupées et, dans son cabinet de toilette, il y avait un tub en étain qui avait jadis appartenu à John Quincy Adams.

Au rez-de-chaussée, il y avait une bibliothèque riche de trois mille ouvrages. Il y avait aussi une salle de billard, une salle d'armes, un bureau et une galerie de tableaux contenant cinq toiles de John Singleton Copley, quatre de Gilbert Stuart et seize eaux-fortes encadrées de E. R. Morse.

C'est dans la salle de billard que se trouvait son jouet favori, une authentique roulette que son papa avait rapportée de Baden-Baden en 73. Elle seule était autorisée à y toucher, et elle passait des heures à la faire tourner, à lâcher la petite bille d'argent dans le tourbillon, à gagner et à perdre des fortunes imaginaires, jouant souvent, hardiment le tout pour le tout — ses bagues, ses bracelets, son argent de poche de la semaine, son médaillon ou son collier de coquillages — sur un seul numéro, d'habitude le treize noir.

À l'âge de cinq ans, elle eut son poney, à sept ans, son boguet particulier, à neuf ans sa carte personnelle d'entrée à la bibliothèque municipale. Cette année-là, elle dévora *Les Trois Mousquetaires, Tom Jones, Jane Eyre, Moby Dick, Ivanhoe, Les Mystères de Paris, David Copperfield, Le Cousin Pons, Candide* et *Le Dernier des Mohicans*.

À dix ans, elle entra à l'École de Jeunes Filles Quincy Bay de M^me^ Burroughs, à East Milton. Elle y apprit à jouer de la flûte, de la harpe et du violoncelle, à parler le latin et le français, à lire Tacite, Virgile et les Fables de la Fontaine, à faire de l'aquarelle, à broder et à danser la gavotte à quatre temps.

C'est là aussi qu'elle fit ses premiers pas innocents au royaume de l'Inconnu.

*

M^me^ Harriet Amy Burroughs avait fondé son école pendant la guerre de 1812. Avant cela, elle avait travaillé comme secrétaire dans les bureaux de l'Agence d'Assurance Incendie de Paul Revere, avant quoi elle avait été la maîtresse de John Hancock. Pendant le Siège de Boston, elle avait été couturière et pendant la guerre coloniale franco-anglaise, avait été employée comme femme de ménage dans la maison du major John Vassall au 105 Brattle Street à Cambridge. Soixante-dix-sept ans plus tôt, elle avait été l'épouse d'un certain George Burroughs, pasteur à Salem Village, qui fut pendu pour sorcellerie à Gallows Hill en 1692.

Ainsi, en 1886, lorsque Cora arriva à l'école Quincy Bay, M^me^ Harriet Amy Burroughs, selon la chronologie ci-avant, devait avoir dans les deux cents ans.

Ceci ne devait, toutefois, être que fariboles, comme aurait pu en témoigner quiconque avait posé les yeux sur cette dame. Mais il se trouve en vérité que fort peu de personnes avaient posé les yeux sur elle. L'école était fort efficacement dirigée par un personnel de paidologues compétents et M$^{me}$ Burroughs ne montait de son appartement en sous-sol que dans la soirée, lorsque les tâches administratives de la journée étaient accomplies. En conséquence, elle n'était que très rarement en contact avec ses élèves.

Cora était une exception.

*

Il était onze heures et demie, et l'heure du couvre-feu officiel était depuis longtemps passée. Cora alluma une bougie et descendit l'escalier de service pour aller voler un livre à la bibliothèque — *L'Histoire de la Décadence et de la Chute de l'Empire romain*, de Gibbon. Elle avait terminé le tome 2 juste après le dîner et il lui tardait de commencer le chapitre XLI traitant des victoires de Bélisaire sur les Goths, une des époques les plus passionnantes qui fussent, pleine de batailles et de massacres, allant de Constantinople à l'Afrique.

Elle s'avança à pas de loup dans la profonde obscurité du couloir de l'aile Est, passant devant la salle de couture, la salle de retenues, la salle de musique et le vestiaire des professeurs. (Bien plus tard, dans les années 1920, elle écrivit une nouvelle qui avait pour décor ces salles ténébreuses et qui fut publiée dans le magazine *Contes Surnaturels*.)

Elle arriva à l'entrée de la bibliothèque, poussa la porte et plongea son regard dans les yeux étincelants d'une jeune femme drapée dans un châle blanc.

Elles restèrent un instant face à face, immobiles comme des statues dans une église, la nuit. Puis la femme parla :

— Vous êtes en faute, dit-elle dans un murmure mélodieux. Il est défendu aux élèves de quitter leur dortoir quand il fait nuit.

— Je suis venue chercher un livre, répondit Cora sans se démonter.

— Ah oui ! Quelque roman qui vous est interdit, sans doute, un livre de Rabelais ou de Monsieur Balzac.

— Non, Madame, un livre d'Histoire.

— Diable ! Un livre d'Histoire !

— Je suis en train de lire le récit de la fin de l'Empire Romain et j'en suis arrivée au Ve siècle.

— Racontez-moi donc !

Cora n'avait jamais vu une dame aussi parfaitement belle. Les mères de famille et les débutantes de Beacon Hill, même les plus jolies — sa mère, par exemple — avaient toutes quelque imperfection : elles étaient trahies par leur nez, leurs hanches ou leur poitrine, leur coiffure, leur embonpoint ou quelque autre chose. Mais cette apparition, qui semblait planer devant elle à la lumière de la bougie, était absolument divine !

— Flavius Petrus Sabbatius Justinianus est Empereur Byzantin, dit Cora en montrant son tome 2, c'est un sot incompétent, assailli par les envahisseurs et corrompu par ses vices sordides. Il a confié la sauvegarde de l'impérialisme byzantin à un jeune général, Bélisaire, un des plus grands génies militaires du monde, dont les exploits seront racontés en détail dans le tome 3.

— Quels sont ces bavardages ? demanda la déesse en riant. On croirait entendre la lecture d'une monographie !

Sa voix ! Une sonate ! Une rhapsodie ! Un *concerto grosso* pour violoncelle, hautbois, basson et *tromba cromatica* ! Ce n'était pas une Bostonienne ! C'était sûrement une grande dame d'une cour européenne — une comtesse au moins... une femme exceptionnelle, splendide, qui avait été la concubine de rois et de ministres d'État !

— Qui êtes-vous ? demanda humblement Cora.

— Je suis Mme Harriet Amy Burroughs.

La directrice ! La divinité d'East Milton ! Grands Dieux ! Elle pouvait, d'un trait de plume, réduire à néant le résultat de plusieurs années d'études car aucune école de Nouvelle-Angleterre n'accepterait une élève renvoyée de Quincy Bay !

Tout était fini ! Adieu éducation ! Adieu études ! Adieu, adieu à tous ses rêves d'érudition !

— Et vous, mon enfant ? Comment vous appelez-vous ?

— Cora Dana, dit-elle en baissant la tête.

— Ah ! Je vous connais ! La fille du banquier ! Vous avez la réputation d'être arrogante, cultivée, et d'être un rat de bibliothèque !

— Allez-vous me renvoyer, Madame ?

— Regardez-moi !

Cora obéit. Elle tremblait car elle se sentait coupable. Pourtant, les yeux de M$^{me}$ Burroughs ne brillaient plus de colère. Maintenant, ils étaient gris, nacrés, parés de pierreries, immenses et chatoyants de gaieté.

— Renvoyée ? Certainement pas. J'ai moi-même corrigé tous vos devoirs et je les ai trouvés fort impressionnants. Vous obtiendrez certainement vos diplômes avec d'excellentes mentions. D'ailleurs, je ne renvoie jamais les enfants dont le papa est riche. Donnez-moi la main. Allons nous promener dans le jardin.

*

Cora resta encore cinq années à l'école. Avec M$^{me}$ Burroughs — Harriet — elle se promena dans le jardin ce soir-là et presque tous les soirs suivants. Ou bien elles allaient marcher sur la plage, dans les dunes ou dans les champs et les bois, ou encore sur les quais. Elles nageaient dans la Baie quand le temps était doux et, l'hiver, elles faisaient des promenades en traîneau ou du patin à glace sur la Neposet.

Cora acceptait ces relations tout naturellement, ne les trouvant pas plus étranges que Spinoza, la Guerre des Deux Roses ou l'algèbre. Le fait de ne pas se coucher avant l'aube ne l'ennuyait pas non plus. Une heure de sommeil avant le réveil lui suffisait pour durer toute la matinée et, l'après-midi, elle avait l'autorisation spéciale de la directrice de « sécher » le cours de couture et de faire la sieste de seize à dix-huit heures.

C'est ainsi qu'elle devint la confidente et dame d'honneur pleine d'adoration de Harriet et, dans son journal, elle n'écrivit que de mystérieux cryptogrammes. Par exemple, Harriet disait : « Parle-moi de la lumière du jour », « Quelle est la couleur de Tremont Street à deux heures de l'après-midi ? » ou « De quelles teintes et de quelles nuances sont les pelouses, les vitres des fenêtres et les tuiles des toits au soleil ? » (Incompréhensible.) Ou bien : « Le monde occulte est tellement ennuyeux ! Ennuyeux : je préférerais de loin prendre un bain de soleil et peler plutôt que de me transformer en vieux loup miteux. » (Absolument inintelligible.) Ou encore : « Un jour, j'ai suivi le vent jusqu'à Terre-Neuve. » (La folie des grandeurs — ou plutôt, des longueurs !)

Quant à sa façon d'émailler ses discours de noms de gens célèbres, elle y allait vraiment un peu fort. « Abigail Adams rotait fréquemment. » « King Philip était un giton effréné. » « Harry Longfellow bégayait, le cher homme. » « Thoreau fumait l'opium. » « George Washington avait un faible pour les moricauds, pas forcément du même sexe. »

Cora ne comprenait rien de tout ça. Il lui arrivait de protester.

— Harriet, disait-elle, si vous êtes aussi vieille que vous le prétendez, comment se fait-il que vous soyez demeurée si jeune et si pleine d'entrain ?

— Oh, pour cela je prends un médicament spécial, ce qui me fait penser, *cara mia*, que vous pouvez vous coucher tôt, demain soir. Je dois aller à Brookline.

— J'irai avec vous.

— Vous ne pouvez pas, très chère enfant. À moins que vous ne puissiez voler comme une chauve-souris.

Ces virées espacées en des endroits lointains — Brookline ou Natick, quand ce n'était pas Lexington ou Braintree Highlands — étaient aussi déconcertantes. Que diable pouvait-on bien faire dans ces trous perdus au milieu de la nuit ? Cora en était venue à conclure que son amie avait des galants secrets disséminés à travers la campagne.

— Ne me posez pas de questions, je ne vous dirai pas de mensonges, disait Harriet d'un ton plaisant.

## IV

En 1890, à l'âge de quatorze ans, Cora obtint effectivement son diplôme avec mention « Excellent », et leur amitié prit fin.

Les parents de Cora s'attendaient à ce qu'elle aille à Wellesley College, comme elle en avait eu l'intention. Mais, entre-temps, elle était tombée amoureuse du violoncelle, aussi préféra-t-elle s'inscrire au Conservatoire de Musique de Nouvelle-Angleterre. Elle devint musicien professionnel.

Elle donna son premier concert public en 93, à peine âgée de dix-sept ans, et joua le Concerto en ré de Haydn, avec le Boston Symphony Orchestra, sous la direction d'Arthur Niksch. Elle obtint un très vif succès.

Elle passa les quatre années suivantes en tournées sur la Côte Est, jouant chaque saison à New York, Philadelphie, Baltimore, Washington et Richmond, gagnant la célébrité et des cachets tels qu'elle n'avait jamais osé en imaginer, même dans ses rêves les plus fous. En 97, elle avait six mille dollars sur son compte personnel à la banque de papa.

En 99, elle se rendit à Londres pour donner une série de dix-huit récitals à vingt livres sterling chacun. Elle déjeuna au Palais de Buckingham avec la Reine Victoria. Whistler fit son portrait. Elle fit la connaissance de Henry Irving, Oscar Wilde, Bram Stoker, Dvorak, Yeats et Algernon Swinburne. Elle eut une aventure platonique avec le vieil Arthur Sullivan, un peu gâteux, qui lui dédia sa Sérénade Inachevée en sol majeur pour violoncelle. Puis le siècle changea et sa fortune aussi, brusquement, pour le pire.

Ses parents se noyèrent accidentellement quand leur bateau fit naufrage dans la baie de Cape Cod. Les chantiers navals et la banque de papa sombrèrent avec lui, emportés par un ouragan de litiges et de scandales. Des nuées d'hommes de loi, de vérificateurs de comptes et de créanciers s'abattirent sur la maison de Beacon Street et posèrent de lourds scellés sur toutes les portes, la condamnant comme une tombe pestilentielle.

Tout fut hypothéqué et saisi — les trois mille volumes de la bibliothèque, les eaux-fortes et les toiles de la galerie de tableaux, sa chambre aux tournesols, son compte en banque, son boguet, le tub de John Adams et même la roulette de Baden-Baden.

Quand elle revint en Amérique, en janvier 1900, elle était dépossédée de tous ses biens et n'avait plus qu'environ deux cents livres sterling dans son porte-monnaie. (Whistler mourut trois ans plus tard et, du jour au lendemain, le prix de ses toiles monta en flèche ; mais elle ne put jamais, ni alors, ni plus tard, se résoudre à vendre son portrait — et pourtant, elle aurait pu en tirer de dix à vingt mille dollars.)

Les journaux furent sa plus grande épreuve. Chaque jour, de gros titres vengeurs l'agressaient, la démolissaient. *L'EXAMEN DES LIVRES DU BANQUIER RÉVÈLE DE NOMBREUX TOURS DE PASSE-PASSE ! BAYAZID DANA, MACHIAVEL DU MASSACHUSETTS ! BANQUIER OU BANDIT ? FINANCIER FRAUDEUR ! ESCROC ! FILOU ! AIGREFIN ! CHARLATAN !* et l'atteinte la plus cruelle : *LA FILLE DE LA FRIPOUILLE VEUT DONNER DES CONCERTS DE VIOLONCELLE !*

C'était vrai. Elle devait donner quatre concerts à Boston, pendant l'hiver. Ils furent tous annulés, sans explication. Soudain, elle s'aperçut que son impresario n'était jamais libre pour des réunions d'affaires. Ses amis l'évitèrent comme la peste. Elle écrivit à plusieurs chefs d'orchestre de New York, leur offrant son concours pour la saison. Aucun d'eux ne répondit.

Elle s'installa d'abord à l'hôtel, puis dans une pension de famille bon marché de Berkeley Street. Elle accepta un poste temporaire au Conservatoire et donna des cours d'harmonie à deux dollars par semaine. Elle fut congédiée au mois de mars. Elle trouva ensuite un emploi dans une papeterie de Pemberton Square. Elle sauta des repas et lésina sur tout pour faire des économies. Elle porta la même robe tous les jours pendant un mois. Comme elle se baignait peu et changeait rarement de sous-vêtements, elle se mit à sentir mauvais. Elle songea au suicide.

Puis, un soir de mai, elle retourna dans l'Inconnu.

*

Elle était dans le nouveau chemin de fer souterrain de Tremont Street. On appelait « métro » ce terrier claustrophobique creusé à près de cent mètres sous terre, qui avait été construit en 98 et — ironie du sort — partiellement financé par la banque de papa.

La voiture était déserte, à l'exception d'une jeune fille assise juste devant Cora, une splendide demoiselle vêtue d'une cape de fabrication londonienne et de bottines à boutons.

Elle se tourna et sourit :

— Bonsoir, Cora.

Cora la regarda avec des yeux ronds et s'écria :

— Harriet !

Car c'était bien M$^{me}$ Harriet Amy Burroughs, l'air absolument resplendissant et pas plus âgée que Cora.

Elles se tombèrent dans les bras en poussant des cris de joie. Ensemble, elles voyagèrent jusqu'au terminus, tandis que Cora, ivre de malheur, sanglotant et rageant, se déchargeait de toutes ses peines.

Harriet écouta cette litanie de chagrins. Elle en fut profondément émue. Puis elle s'écria :

— Diable ! Votre papa ! Un escroc, un vieux roublard ! Comme c'est bizarre ! Qui l'eût cru ?

— Mais le pire, pleurnicha Cora, c'est que je suis devenue vieille ! Regardez-moi ! J'ai le visage décomposé, blafard, vieillissant, je suis complètement décatie, j'ai l'air d'une vieille bique !

— Eh bien, je peux remédier à cela, répondit Harriet de sa façon énigmatique dont Cora se souvenait bien. Je refuse de vous laisser prendre de l'âge.

— Que dites-vous ? fit Cora d'un ton sec, exaspéré (elle n'était pas d'humeur à déchiffrer des cryptogrammes). Que pouvez-vous faire pour empêcher que je devienne une vieille harpie complètement gaga ?

— Je peux vous aider à vous délivrer de vos liens mortels. Évidemment, cela signifiera simplement échanger toute une gamme de problèmes affreux contre une autre, mais au moins cela vous changera.

Comme c'était un samedi et que le lendemain serait férié, elle l'invita à passer le week-end à East Milton.

Cora accepta. L'idée même de rester seule à Boston jusqu'au lundi était si désespérante qu'elle préférait ne pas y penser.

Tard dans la nuit, dans l'appartement en sous-sol de l'école, après un merveilleux bain et deux tasses de punch au citron, couchée sur un épais tapis devant la cheminée où brûlait un feu d'enfer, elle demanda :

— Que vouliez-vous dire en parlant de me délivrer de mes liens mortels ?

— Je vais vous montrer.

Harriet, le regard enflammé, la prit dans ses bras, l'embrassa tendrement sur la joue, puis sur les lèvres, puis sur la gorge.

Cora se réveilla plus tard et se retrouva confortablement coincée contre son amie au fond d'un grand coffre de chêne.

— Harriet, murmura-t-elle. Mon cœur ne bat pas !

Elle mourut alors et entreprit son long voyage dans l'éternel.

## V

Depuis quelques mois, Tony vivait dans une caserne de pompiers désaffectée de Lincoln Drive. Ce soir-là, il se réveilla pour s'apercevoir que tout le dernier étage et le toit avaient été arrachés et que la cour était pleine de bulldozers. Les ouvriers avaient passé la journée à démolir le bâtiment ! C'était miracle qu'ils ne l'aient pas découvert !

Tout en maugréant, il rassembla ses possessions, les jeta dans son cercueil dont il ferma le couvercle. Puis il enveloppa le coffre dans une bâche, le mit sur son épaule et l'emporta dans les rues obscures.

Il s'était préparé une autre planque, pas très loin de là, dans Downing Street.

Cela devenait ridicule ! En juillet, il s'était caché dans un garage à bateaux, sur la rivière. Le garage avait basculé de ses pilotis et Tony s'était retrouvé dans deux mètres cinquante de flotte, avec tous ses vêtements fichus ! Après quoi, il s'était dissimulé à l'arrière d'une camionnette, dans un parc de stationnement proche de Circle Boulevard. Quelqu'un avait volé tous les pneus ! Et maintenant, une équipe de démolition venait de le virer. Merde !

Il se hâta, pressé de traverser la ville et de s'éloigner du quartier, stimulé par la peur comme par le fouet d'un cocher.

Un fouet de cocher ? Il rit. D'où pouvait bien venir cette image ? Baudelaire, sans doute.

*Et de longs corbillards sans tambours ni musique*
*Défilent lentement dans mon âme...*

Il avait été cocher pendant deux ans à Baltimore. C'était la Belle Époque. Ayant acheté un cab et une pauvre rosse, il roulait tous les soirs dans les rues éclairées au gaz, véhiculant des rupins et leur bonne amie, moyennant trente-cinq *cents* le kilomètre. Il n'avait jamais mordu aucun de ses clients. Ses ennuis avec les milices, à New York, lui avaient enseigné la prudence. Puis un soir, un adolescent fort bien mis était monté dans son cab et lui avait demandé de le conduire à Overlea. Là, dans une rue sombre, derrière le terrain de golf, il avait attaqué Tony. Il s'appelait Sutton. Dick Sutton. Ils s'étaient battus pendant des heures à coups de pied, à coups de poing comme deux gorilles jusqu'à ce que Dick se rende compte qu'il en avait assez. Après cela, ils étaient devenus amis et avaient parfois chassé ensemble.

Il posa le cercueil sur le trottoir et se reposa un moment. Il était d'une force phénoménale mais il ne tenait pas la forme. Il fumait trop de cigares. Il lui faudrait faire du jogging... jouer au squash. Il se laissait aller. Il s'adossa à un réverbère et s'épongea le visage. Il haletait. Il lui fallait aussi trouver un autre repaire de fortune. La planque de Downing Lane était son dernier refuge.

Ah oui, Dick Sutton. Il avait la combine idéale,

la sécurité absolue ! Dans les années 1840, son père, s'étant aperçu que Dick était une « créature », avait tout fait pour le protéger, le transmettant de génération en génération comme un héritage de père en fils, en petit-fils, en arrière-petit-fils... tous ayant juré de garder le secret et de conserver le cercueil, barricadé dans le grenier ou ailleurs. Jusqu'au jour où Dick, l'imbécile, avait vampirisé un membre de sa propre famille qui l'avait aussitôt empalé. Sutton le Glouton !

À nouveau, il hissa le cercueil sur son épaule et se remit à marcher d'un bon pas dans la foule, si voyant que personne ne le remarquait. *Jamais sournois*, lui avait recommandé Brand à plusieurs reprises. *Ne marche jamais sur la pointe des pieds, ne rôde jamais furtivement, sinon ils te piqueront aussitôt.* Il avait l'air d'un monsieur pressé, excédé, qui fait ses courses et ramène à sa femme un achat très volumineux de forme oblongue — quoi ? Ça... (peut-être un kayak ou un lot de planches de surf... en tout cas, quelque chose de très léger car il n'avait aucun mal à le porter).

Il eut un sourire un peu triste. Peut-être était-ce justement ce qui avait manqué à Dick Sutton : trimbaler une vacherie de cercueil d'un bout à l'autre de la ville en plein dans les heures de pointe ! Il y avait des créatures comme ça. Lassées de la sécurité, elles ne rêvaient que de danger et de suspense.

Une voiture de patrouille vint s'arrêter près du trottoir, à son niveau. Un flic au visage mongoloïde lui sourit.

— Qu'est-ce que t'as là, mon gars ? Le nouveau vibromasseur de ta mère ?

— Non, mec, répondit Tony en riant, c'est des outils de cambrioleur !

Le flic redémarra en se marrant.

Tony posa la boîte et s'appuya contre une cabine téléphonique ; il avait les genoux en coton.

Danger et suspense ! Merde !

*

La nouvelle tombe était un garage au fond d'une ruelle pavée.

Il sortit la clé, ouvrit la porte et alluma la lumière. Quel taudis ! Trois murs de ciment visqueux et une flaque par terre. C'était vraiment la dèche !

Il referma la porte, déposa le cercueil dans un coin, le déballa, souleva le couvercle et sortit chaussures, chaussettes, chemises, smoking, cigares, veste et pardessus en tweed, raquette de squash (cassée), réveil et livres de poche. Il empila tout sur la bâche, se déshabilla rapidement et mit son smoking.

Sacré nom d'un chien ! Il ne pouvait pas rester dans ces oubliettes ! Il deviendrait dingue ! Il faudrait quand même qu'il s'en contente pendant un ou deux jours, le temps de trouver mieux.

Oh la la, si Brand pouvait le voir !

Encore Brand ? C'était la deuxième fois, ce soir, qu'il évoquait son ancien mentor. Bizarre ! Et il avait rêvé de lui ce matin, dans la caserne de pompiers, juste avant de succomber. Très bizarre. Pendant des dizaines d'années, il n'avait pas pensé au vieux monstre et voilà que maintenant, tout à coup, il n'arrêtait pas de penser à lui. Pourquoi ? Que se passait-il ? Sans doute une sorte de télépathie morbide, style *Nosferatu*, qui lui envoyait des vibrations... ce qui voulait dire — merde ! — que cet infâme démon était sans doute quelque part dans le voisinage. Oh la la ! Ce serait drôlement marrant ! Brand refaisant son apparition au bout d'une éternité.

*Salut, Brand !*
*Holà Anthony ?*
*Ça fait un bail !*
*Trop court à mon goût.*
*Va te faire foutre !*
*Butor !*
*Suceur de sang !*
*Canaille !*

Des pas résonnèrent, à l'extérieur, sur les pavés. Il éteignit la lumière, entrouvrit doucement la porte et regarda dehors. Un homme entrait dans un autre garage, juste en face. Tony l'observa d'un œil avide... un homme jeune... miam-miam ! Un solide gaillard, bourré de vigoureux corpuscules. Monsieur est servi ! Pourquoi pas ?

Il se glissa dans l'ombre, traversa la ruelle, entra dans le garage. L'homme pivota en braillant :

— Hé ! ! !

Du tranchant de la main, Tony le frappa juste sous l'oreille. Le type s'écroula. Tony le souleva, dîna très vite en prenant garde de ne pas se gaver.

Quand il eut terminé, il piqua cinquante dollars dans le portefeuille de sa proie.

## VI

Cora se pesa sur une balance dans un drugstore de la 10e Rue Est. Cinquante kilos ! Quelle horreur ! Elle avait pris un kilo et demi depuis le mois de septembre ! Harriet l'avait mise en garde contre l'envie de se bourrer d'aliments autres que sanguins, surtout la gnôle. Beaucoup de créatures étaient ivrognes et leur passion pour les boissons alcooliques leur démolissait la santé — et le tour de taille. « Trop de gouttes entre deux gorgées », disait-elle.

Elle soupira. Elle allait devoir se mettre au régime — et au régime sec. Quelle barbe !

Elle se laissa draguer par un marin dans Lafayette Street. Ils allèrent voir un film porno et, pendant qu'il la pelotait dans le noir, elle lui donna un bon coup de dents. Mais elle était en rogne, de mauvais poil, c'est pourquoi elle « suça » un peu plus qu'elle ne l'aurait dû. Elle le laissa là, écroulé sur son siège, grognant.

Il n'était que huit heures et demie.

Elle alla jusqu'à la 11e Rue Ouest en faisant du lèche-vitrines et en se rappelant sa première victime.

C'était par une belle nuit étoilée de printemps, loin de l'école. Elles étaient toutes deux déguisées — costume d'homme et masque. Elles avaient traversé la rivière Charles en canoë, pagayant en silence, deux Charon riant doucement, à la recherche d'âmes à dérober. Elle entendait encore Harriet lui murmurer une chanson à l'oreille, le clapotis de l'eau et l'horloge du clocher d'un village endormi, sonnant les douze coups de minuit.

*Rame, rame et ton bateau*
*Descendra au fil de l'eau*
*Gai, gai, gai, la vie s'achève*
*O gué, la vie n'est qu'un rêve !*

C'est alors qu'elles avaient vu la fille qui marchait sur la route blanche, se pressant pour aller sans doute rejoindre un galant dans une grange.

Cora l'avait suivie lentement, s'était glissée derrière elle, la tête dans les nuages, rapide, le pied léger, transportée par la joie de la chasse. Quand la fille, se retournant, avait vu la chose terrifiante s'abattre sur elle, elle avait hurlé. Ah, ce hurlement ! Wagnérien ! Il avait transporté Cora comme un crescendo de trompettes et de cymbales, l'inondant de douceur. Elle avait saisi la fille, l'avait jetée sur l'herbe froide et, déchirant sa robe, s'était repue de ses épaules, de ses seins. Elle ne savait pas très bien, alors, comment s'y prendre mais sa maladresse était sublime et la torturait de plaisir.

Puis Harriet avait émergé comme un fantôme au clair de lune, avait pris doucement la tête de Cora entre ses mains, guidant sa bouche avide vers la gorge de la fille...

Elle avait également écrit une nouvelle inspirée par cette scène et intitulée « Naïades », pour les *Contes Surnaturels*.

*

Elle acheta un journal et remonta Grant Avenue, horrifiée, les yeux fixés sur la première page.

DES CHAUVES-SOURIS ! braillait le gros titre.

Elle entra à La Balançoire. Il n'y avait personne au long bar en demi-lune, mal éclairé, non plus qu'aux tables disposées en cercle autour du piano. Sally, la serveuse, lisait les pronostics des courses et Louie, le barman, était au téléphone. Ils la saluèrent d'un signe de main.

Le pianiste jouait la *Romance* du concerto en ré mineur de Mozart. Il travaillait toujours Mozart à cette heure-là, avant que les ivrognes ne viennent en braillant lui réclamer : *I'm heading for the Last Round up* ou *Smoke Gets in your eyes*.

Elle s'assit à une table près de lui.

— Tes andantes sont encore trop terre à terre, lui fit-elle remarquer.

Tony la corrigea :

— Suaves, dit-il. Wolfgang était suave et non céleste.

— Avoue que tu ne l'as jamais rencontré.

— Mozart ? Merde alors, Cora, tu es vraiment difficile à convaincre ! fit-il en levant les mains. J'étais assis au premier rang de l'orchestre quand il a joué ça à Vienne en... je ne me souviens plus si c'était janvier ou février 1785. Et après le concert, nous avons partagé une bouteille de vin dans un bistrot, juste en face de la salle de concert.

— Dans quel port ton bateau était-il à quai ?

— À... euh... Trieste.

— Et comment es-tu allé... euh... de Trieste à Vienne ?

— En train.

— À cette époque, le voyage devait durer au moins quarante-huit heures. Que faisais-tu pendant la journée ?

— Nous avions emporté nos coffres, dans le fourgon.

— Tu es un menteur.

Elle avait raison, mais il ne l'aurait admis pour rien au monde. Ça aurait *dû* être vrai, nom de nom ! Quelle idée de vivre au XVIIIe siècle et de ne *pas* rencontrer Mozart ! C'était absurde !

— J'ai encore dû déménager, dit-il. Ils ont démoli mon mausolée.

— Où t'es-tu installé ?

— Dans un garage de Downing Lane.

Il alluma un cigare et rejoua la *Romance*.

— Moi aussi, il va me falloir déménager, un de ces jours... soirs. (Cora ouvrit son sac et en sortit ses cigarettes et les trois factures.) J'ai tout le temps du retard pour mon loyer. Je vais finir par me faire éjecter. C'est forcé. Et ils vont me couper cette vacherie d'électricité.

— Qu'est-ce que ça peut te faire ? Tu y vois la nuit.

Sally leur apporta deux cocktails gin-martini. Cela aussi faisait partie du rituel de leurs soirées. Mozart, les cocktails gin-martini, un cigare et une cigarette qu'ils fumaient ensemble. Et l'inévitable discussion sur leurs problèmes financiers.

— Qu'est-ce que tu vas faire si on te fiche à la porte ? demanda Tony. Tu sais où aller ?

— Non.

— Pas de planque de secours ?

— Pas l'ombre. (Elle examina son cocktail, pensant aux sinistres kilos de trop.) Oh, je trouverai bien quelque chose. Une vieille niche quelque part. À deux cents dollars par mois.

— Tu ferais peut-être mieux de venir t'installer avec moi, suggéra-t-il à contrecœur.

Ils avaient déjà essayé. Jadis, à une autre époque, ils avaient voyagé pendant plusieurs années et cohabité dans une caravane. Cela n'avait pas marché. En fait, le partage de leur intimité avait été catastrophique, et ni l'un ni l'autre ne tenait à renouveler cette épreuve.

— Non, merci. Je ne me vois pas vivre dans une saloperie de garage.

— Vivre ? fit-il en s'esclaffant. C'est comme ça que ça s'appelle ?

— Joue-moi le troisième mouvement.

Il se lança dans le sombre *Rondo Allegro assai*, qu'il joua comme un chant funèbre. Du bar, Louie protesta en le huant.

Les clients commençaient à arriver. La période de calme était presque finie. Bientôt viendrait le temps des chansonnettes, du rock, du folk et des Beatles. Et — Cora gémit intérieurement — de l'abominable Argoli le Jeune.

— Tu as vu ça ? demanda-t-elle en montrant le journal à Tony.

Il lut le gros titre.

— Des chauves-souris ?

— Des vampires, grommela-t-elle. Les grandes chauves-souris d'Amérique du Sud. Elles arrivent par hordes, envahissent la ville, se cachent dans les arbres et dans des caves tout le jour, sortent la nuit et mordent les gens.

— Qu'est-ce que tu racontes ?

— C'est la version officielle des événements.

— Très bien. Ça détournera l'attention des gens.

— Je crois que les flics savent ce qui se passe vraiment, mais qu'ils ont peur de l'annoncer parce que ça déclencherait une panique générale. Il nous faudra faire attention, Tony.

— Attention ? Qu'est-ce que ça veut dire ?

— Il y a eu trop de victimes.

— Il n'y a pas eu de victimes. Personne n'a été tué.

— Les bon Dieu d'hôpitaux sont envahis de patients qui ont des blessures à la gorge. Ils sont des centaines.

— Je suis tombé à un client par semaine. Ça fait beaucoup moins d'un litre par mois. Je ne peux pas me contenter de moins.

— Moi, il me faut plus d'un litre.

Louie cria, d'un bout à l'autre de la salle :

— En avant la musique, Tony !

— Merde. (Tony essuya le clavier avec une serviette de table.) C'est pas le moment de se faire toucher par la crise du logement. S'ils se mettent à nous pourchasser et nous découvrent sans abri... Ouaouch ! (Il s'épongea le visage.) Il nous faut trouver une cachette sûre, tous les deux.

— Ça n'existe pas, dit Cora en buvant son cocktail (au diable les calories !).

— Alors, je pense qu'il est temps qu'on aille voir ailleurs. Depuis quand est-ce qu'on est ici ? Six ans ?

— Huit ans.

Elle alluma une autre cigarette.

— Il faut qu'on change de ville. Vite fait.

— On ne peut aller nulle part sans argent.

— L'argent, grogna-t-il, l'argent, toujours l'argent...

## VII

Elle se sentait un peu ivre. Le marin avait dû picoler et elle avait absorbé son alcool. En plus du cocktail gin-vermouth à La Balançoire.

Elle prit l'autobus pour s'éloigner du centre, s'assit près de la fenêtre, un peu dans les vapes, et regarda les lumières et la circulation. Et puis, zut ! Ça passerait. Pauvre Tony. Il faudrait qu'elle l'invite à venir crécher chez elle. Au moins pour un moment. Elle ne pouvait pas le laisser paumé dans une saloperie de garage. Mais il était tellement désordre ! Vivre avec lui était insupportable. Chaussures, cravates et suspensoirs traînant aux quatre coins de la pièce, des brûlures de cigare partout, la cuisine pleine de bouteilles, son affreux cercueil en pin flanqué au milieu du salon comme une boîte à outils. Et puis il remettrait sûrement ça ; il voudrait qu'ils aient des relations sexuelles. Et, probablement, elle se laisserait faire rien que par lassitude. Zut !

— Chauves-souris, mon cul ! fit une voix ricanante. Je n'y crois pas. C'est ce qu'ils disent aux gogos.

Elle jeta un coup d'œil par-dessus son épaule. Derrière elle, deux hommes étaient assis. Ils avaient chacun un journal.

— Qu'est-ce que c'est, alors ? demanda l'autre, inquiet, d'un ton geignard.

— Par quoi ils ont été mordus, tous ces gens, à ton avis ? répondit le premier. Hein ? Qu'est-ce que tu crois que c'est ?

— Tu veux dire... ? Oh !

— Qu'est-ce que tu veux que ce soit ?

— Oh ! Quand même !

Cora sourit. On aurait dit deux gros lourdauds chuchotant dans une maison hantée.

— Dis donc, combien de temps tu vas être à l'équipe de nuit ?

— Jusqu'à la fin du mois.

— Alors tu ferais mieux de te mettre à porter un truc comme ça.

— Oh ! Quand même ! Tu rigoles !

À nouveau, elle les regarda. Le premier lourdaud avait déboutonné sa chemise et montrait à son copain le crucifix qu'il portait à son cou.

Elle se figea. Le rythme de boléro de son cœur ralentit. Elle suffoquait. Des guêpes de lumière brillantes voletaient autour de ses yeux, transperçant sa vision. Elle s'appuya contre la fenêtre, aveuglée, glacée, incapable de respirer.

Cela ne dura qu'un moment, après quoi le poison s'affaiblit et la colère la ranima :

*Ils savent*, songea-t-elle. *Ils savent toujours*.

*

Harriet lui avait raconté :

« George, mon mari, avait un petit ami. Nous l'avions placé dans le coffre à bois, à la cave, d'où il ne montait qu'après le coucher du soleil. C'était une créature, bien entendu. Il s'appelait Brand. Il avait poussé ce pauvre idiot de George à s'intéresser à toutes sortes de bêtises interdites — sorcellerie, nécromancie, magie, sorts et charmes. Évidemment, tout le monde l'a appris. Résultat, George a été pendu. Brand a pu s'échapper. Il lui a suffi de se changer en chauve-souris et de s'envoler. Mais, avant de partir, il m'a mordue, *moi !* Je me suis retrouvée avec deux marques de dents sur la gorge et j'ai dû déguerpir, moi aussi ! Mais oui, ma chère, bien sûr que je peux. Je peux me changer en chauve-souris, en loup, en brouillard ou en brume. Non, non ! Certainement pas ! Diable ! Jamais ! Tu voudras faire la maligne et tu te transformeras n'importe où, n'importe quand et ce sera ton Waterloo ! Comment ? Les crucifix ? Ne t'en approche pas ! Diable. Berk ! Beuh ! Plus dangereux qu'un serpent à sonnettes ! Ils te paralyseront, te rendront épileptique, te feront radoter ! Mais ils sont faciles à éviter. Les miroirs sont beaucoup plus traîtres. Il y en a partout. Il faut déployer des prodiges de ruse pour leur échapper. Rends-toi compte que tu ne pourras plus jamais aller chez le coiffeur ni chez le dentiste... imagine sa réaction quand il promènera son petit miroir dans ta bouche ! Ha ! Ne me demande pas pourquoi nous n'avons pas de reflet. Sans doute parce que nous n'avons pas d'existence réelle ou quelque chose comme ça. Quant au cercueil, oui, Cora, c'est essentiel ! J'ai tout essayé — paniers, valises, malles, tonneaux, armoires, même des lits ! Ça ne marche pas. On se réveille en se sentant complètement pourri, dégoûtant. Ce n'est vraiment pas agréable. »

Cora demeura à l'école d'East Milton pendant quatorze années, partageant la retraite d'Harriet au sous-sol, chassant avec elle, l'aidant à diriger l'école, faisant fonction de secrétaire, de factotum, d'associée d'Harriet.

Par un beau soir d'été, durant la Première Guerre mondiale, Cora, ayant pris froid, dut rester à la maison tandis que son amie allait vagabonder toute seule.

— Tu n'as qu'à rester couchée et lire bien tranquille, dit Harriet pour la consoler. Tu devrais prendre un bain bien chaud et boire un bon grog. Si ça te dit, tu pourrais aussi corriger les compositions des élèves de terminale. Je serai de retour bien avant minuit.

Elle ne revint jamais. Elle se trouvait à Bridgewater quand elle fut coincée par une cohue de fermiers qui lui plantèrent un piquet de tente dans le cœur.

Ainsi finit Harriet Amy Burroughs (1643-1914). Il n'y eut pas de corps du délit : une explosion, une bouffée de fumée, plus rien.

Malheureusement, on trouva dans la poche de sa robe une lettre qui permit de l'identifier.

Le shérif, terrorisé, téléphona à l'école et demanda à Cora de venir immédiatement à Bridgewater. Elle lui promit qu'elle serait là dans une heure.

Elle sortit tout l'argent du coffre du bureau, chargea son cercueil et son portrait par Whistler dans la Ford qu'elles avaient achetée peu de temps auparavant et prit la route du Vermont.

À l'aube, elle se trouvait dans la montagne. Elle passa la journée dans son cercueil à l'arrière de la voiture dont les portières étaient fermées à clé. Au crépuscule, elle pénétra dans l'État de New York jusqu'à Itica. La nuit suivante, elle se trouvait en Pennsylvanie.

*

Elle acheta un cottage à Tunkhannock, sur la Susquehanna River, non loin de Scranton. Elle s'y installa, vécut frugalement et se rendit en voiture dans des villes lointaines pour s'alimenter.

Elle se fit un devoir de rendre visite à tous ses voisins pour apaiser leur curiosité. Elle leur dit qu'elle faisait des recherches pour le Ministère de l'Agriculture, et rédigeait un rapport sur les tarifs agricoles. Ils la crurent sur parole — tout en ne voyant pas en quoi pouvait consister un rapport sur les « tarifs agricoles ». (Elle ne le voyait pas non plus.) Tout le monde fut satisfait.

Le fait est qu'elle se mit vraiment à écrire.

Un soir, à Scranton — c'était au début des

années 20 — elle acheta tout un paquet de magazines bon marché : *Le Galion, Le Vrai Détective, Le Livre Bleu, Le Masque Noir, Contes Surnaturels*. Ce dernier, une collection d'histoires à vous faire dresser les cheveux sur la tête, la passionna tellement qu'elle décida d'écrire elle-même un conte. Elle dactylographia une nouvelle d'une quarantaine de feuillets, inspirée par les souvenirs d'Harriet et intitulée : « L'Invité dans la Cave ». Elle signa Dan Cori et envoya son œuvre au magazine.

Quelques semaines plus tard, elle reçut un chèque de cent dollars de l'éditeur, un certain M. Fansworth Wright. « Formidable, votre récit », disait-il dans sa lettre. « Si vous en avez d'autres, n'hésitez pas à nous les envoyer. »

Cora le fit et, pendant les quinze années suivantes, dans chaque édition de Contes Surnaturels il y eut une nouvelle de Dan Cori, ou Bayazid Core ou Dana Cordel, ou C. Dane. Cette fécondité lui rapporta des revenus très confortables, surtout quand ses histoires furent portées à l'écran. Un des films tirés de son œuvre : « Les Élus de la Vase » avec, en vedette, Adolphe Menjou, Pola Negri et Lupe Velez, eut un tel succès qu'il connut quatre remakes.

Elle se débarrassa de la Ford et acheta une Pierce-Arrow ainsi qu'un nouveau violoncelle, un manteau de vison, un phonographe et des centaines de disques classiques.

Le temps passa. Tous ses problèmes semblaient résolus, ses pressentiments s'atténuèrent puis disparurent.

Et puis tout s'en alla en fumée. Littéralement.

Un matin à l'aube, en rentrant de son excursion nocturne, elle trouva son cottage en flammes. Sur la pelouse, on avait planté une gigantesque croix de bois.

Cela s'était produit sans le moindre avertissement, sans un murmure prémonitoire ou même un vague pressentiment de la catastrophe imminente.

Qui avait fait cela ? Ses voisins ? Des vigiles ? Le clergé local ?

Elle ne devait jamais l'apprendre.

Par bonheur, c'était une matinée nuageuse et le soleil ne se leva pas jusqu'à près de neuf heures. Elle eut le temps de se rendre en voiture jusqu'au Lac Wallenpaupack. Pendant la journée, elle se cacha dans un cimetière proche du village de Hawley. Elle expira dans un caveau humide et froid.

## VIII

Elle descendit de l'autobus à Holland Avenue. Un joueur d'orgue de Barbarie, qui se tenait au coin de l'avenue, tendit le bras vers le ciel et hurla :

— En voilà une !

Une foule se rassembla et quelqu'un demanda :

— Qu'est-ce que c'est ?

— Une chauve-souris ! cria-t-il, bras tendu. En voilà une autre !

Cora passa son chemin en riant. Elle se sentait beaucoup mieux — sans savoir pourquoi. Mais si, elle le savait ! C'était son cœur. Il avait repris sa danse à trois temps et amenait le sang du marin jusqu'à son cerveau ! Ah ! Elle sentait qu'il s'y passait quelque chose, des calculs. Elle ne savait pas encore ce que son esprit calculait mais elle n'allait pas tarder à le savoir. Ce serait quelque chose... quelque chose de sensationnel et... et titanesque !

Elle se dirigea vers l'étroite porte en acier à l'arrière de la Tour Titan, appuya sur le bouton, paria dans le micro.

— Cora Dane... Dana, je veux dire.

Ciel ! Elle avait utilisé un de ses pseudonymes de *Contes Surnaturels !*

La porte s'ouvrit et Cora vit Eddie armé d'un 45 qui lui dit d'un ton sec :

— Entrez vite !

— Qu'est-ce qui se passe ?

— Des chauves-souris !

Dès qu'elle fut passée devant lui, il claqua la porte.

— Il n'y a pas de chauves-souris, Eddie, lui dit-elle.

Il la fusilla du regard.

— C'est ce que vous croyez. Si vous étiez italienne, vous diriez pas ça. (Il remit le revolver dans son holster, sous le veston de son smoking.) Dans mon pays...

— Ouais.

Elle ne s'intéressait pas aux histoires de chauves-souris du folklore italien. Elle descendit au vestiaire, mit son manteau de loden sur un cintre, dans son armoire, et enleva ses bottes.

— Salut, Cora ! dit Peg, la jeune fille des cigarettes qui arrivait en courant. Je suis en retard ! J'avais peur de sortir de ma voiture ! Le ciel était plein de chauves-souris ! Tu les as vues !

— Non.

— Moi non plus. (Elle jeta sa robe sur une chaise, se tortilla pour se glisser dans ses collants noirs.) Mais y a un gars dans la rue qui dit qu'il y en a deux qui ont attaqué un rabbin dans Hammarskjold Avenue. Elles vous mordent à la veine jugulaire et... Hé ! Faut fermer la fenêtre !

Elle traversa la pièce en courant et ferma la fenêtre. Cora la regardait, lui enviant sa maigreur. Peg était toujours à cinq kilos en dessous de la moyenne !

Elles montèrent dans la salle de jeux qui n'était pas encore ouverte. Tous les valets étaient là, l'air épuisé, aigri. Peg alla chercher son plateau de cigarettes derrière le bar. Cora s'assit près de la roulette et salua les garçons de salle d'un signe de tête. La table était recouverte d'un long morceau de plastique qu'ils retirèrent, plièrent et emportèrent.

Son esprit continuait à calculer en secret, la tourmentant par son manque de précision. Mais elle en était sûre : il s'agissait de chauves-souris.

Eddie arriva, portant une boîte de plaques et de jetons qu'il se mit à empiler autour d'elle par couleur : $ 10 le bleu, $ 20 le vert, $ 50 le jaune, $ 100 l'orange, $ 500 le rose, $ 1 000 le blanc.

— Soixante-dix mille, grogna-t-il en lui donnant la boule en argent.

Elle la prit, la jeta en l'air d'un geste désinvolte et la rattrapa dans la paume de sa main.

Des chauves-souris.

Argoli s'approcha, visage de crocodile, gravité d'évêque, élégance de dandy.

— Bonsoir, Cora.

— Salut à toi, dit-elle, Argoli *il Giovane*.

Il sourit. C'était une plaisanterie entre eux. Il avait plus de soixante-cinq ans, mais elle l'appelait toujours « Le Jeune », pour le distinguer de son père défunt, Cesare Argoli l'Ancien. Sans doute avait-il ses raisons de tolérer son badinage, qui faisait maintenant partie du rituel quotidien.

— Fais entrer la populace, Eddie, ordonna-t-il.

— Oui, M'sieur !

Eddie partit au trot jusqu'à la porte principale qu'il ouvrit. Le premier contingent de joueurs entra en foule dans la pièce. La moitié étaient des Arabes, comme d'habitude.

Trente ou quarante personnes envahirent aussitôt la table de roulette. Cora alluma une cigarette, l'introduisit dans un fume-cigarette et fit tourner le cylindre.

— Faites vos jeux, mesdames et messieurs, cria-t-elle d'une voix chantante en lançant la bille d'argent sur les rebords du plateau. Faites vos jeux.

Les joueurs placèrent leurs mises sur les numéros. Elle fumait en comptant leurs plaques : vingt bleues, seize vertes. Cinq cent vingt dollars. De la roupie de sansonnet.

— Les jeux sont faits ! (Elle prit son râteau et en frappa la table.) Rien ne va plus, dit-elle en français.

Le cylindre cessa de tourner et la boule s'immobilisa dans la case 14.

— Quatorze rouge, annonça-t-elle. Pair et manque.

Un Arabe avait mis deux plaques vertes sur le 14. Elle obligea son esprit à se concentrer, multipliant 35 par 40. Mille quatre cents. Avec son râteau, elle poussa une plaque blanche et quatre plaques orange vers le gagnant.

Il protesta, couinant :

— Je veux des plaques vertes !

Elle ramassa les plaques orange et blanche et poussa vers lui soixante-dix plaques vertes.

— Merci, dit-il avec un petit sourire narquois.

*

Elle perdit tout dans l'incendie — cercueil, violoncelle, vison, disques... tout sauf le tableau. Par miracle, il se trouvait dans une galerie de Philadelphie où un expert le nettoyait. Elle passa le prendre le lendemain soir en voiture. Puis elle vendit la Pierce-Arrow à un garagiste de Havertown.

Sa décision était prise. Elle avait compris ce qu'elle devait faire, dès l'instant où elle était revenue à la vie dans le cimetière au bord du lac, à Hawley. Assez de villages, de campagne, de champs et de ruisseaux ! Désormais, elle se cacherait dans des agglomérations.

Elle prit le train pour New York.

C'était en 1938.

Elle s'installa dans un atelier sous les toits de Lexington Avenue, près de la 39e Rue Est. Elle payait vingt-cinq dollars de loyer par mois. Elle s'acheta un autre cercueil, une machine à écrire, un violoncelle d'occasion, une nouvelle garde-robe.

Elle écrivit encore plusieurs nouvelles pour *Contes Surnaturels*, mais le cœur n'y était plus. Son inspiration tarit. Une de ses nouvelles fut refusée. Elle finit par ne plus écrire.

Elle chercha autre chose à faire.

En 1939, elle travailla pendant deux semaines dans un drugstore de Columbia Circle ouvert nuit et jour, puis, pendant trois mois, comme ouvreuse au théâtre St. James. (Elle quitta sa place après avoir vu Maurice Evans dans *Hamlet* vingt fois !)

Dans Lexington Avenue, juste en face de l'immeuble qu'elle habitait, se trouvait l'entrée miteuse du Stuyvesant Club. Elle pensait que c'était un beuglant ou un bar de mauvais garçons car on entendait, toute la nuit, de la musique, et le trottoir était toujours bourré de dames et de messieurs en tenue de soirée qui y entraient ou en sortaient avec des airs furtifs. Il y avait eu deux fois des descentes de police.

Poussée par la curiosité, elle y entra, par un petit matin pluvieux, pour voir ce qui s'y passait.

C'était un cercle de jeux, une vaste fosse enfumée pleine de célébrités qui jouaient aux dés, au black-jack et à la roulette. En descendant l'escalier avant de plonger dans le tourbillon de bruit, de fumée de cigares et de mouvement, elle reconnut Walter Winchell, Noël Coward, Eddie Cantor, Fanny Brice, Béatrice Lily, Victor Moore, Ethel Mermann, Lynn Fontaine... tous dans un état plus ou moins avancé d'ébriété et de laisser-aller.

Sur une estrade, dans un coin de la pièce, quatre musiciens — un trompette, un batteur, un saxophoniste, un pianiste — déchaînés jouaient à tout rompre des airs de spectacles de Broadway.

Pourtant, ce qui par-dessus tout la fascinait, c'était le tourbillon du cylindre et de la boule. Elle se fraya un chemin dans la foule pour s'approcher de la table de roulette et se tint immobile, comme pétrifiée, les yeux fixés sur le cylindre. Il tournait, tournait, tournait, la transportant en arrière de six décennies jusqu'à la salle de billard de papa, dans Beacon Street, la lumière du jour, l'Éden des vivants. *Perdu*, songea-t-elle. *Perdu... perdu à tout jamais*.

Elle se mit à pleurer.

Un vieil homme en queue de pie se planta devant elle en fronçant les sourcils.

— Qu'est-ce qui ne va pas, petite ? demanda-t-il d'un ton bourru. Combien tu as perdu ?

— Tout, répondit-elle en séchant ses larmes.

— Fallait pas tout jouer. On peut pas battre la *ruota*.

Il lui glissa une plaque de $ 100 dans la main et s'éloigna.

Elle misa trois fois sur le rouge et gagna huit cents dollars. Plus tard, juste avant l'heure de la fermeture, elle le trouva derrière le bar, en train de servir à boire à une des célébrités.

— Merci, dit-elle en lui rendant la plaque. Je m'appelle Cora Dana.

— De rien, de rien. Je suis Cesare Argoli. Et lui, c'est M. Benny Goodman.

Ils se serrèrent tous trois la main avec solennité. Cesare offrit à Cora un cocktail au Champagne. Elle accepta.

— Vous êtes le propriétaire des lieux, monsieur Argoli ? demanda-t-elle.

— *Si*. Ce soir, on s'y retrouve, alors je suis toujours chez moi. Demain, peut-être qu'un *Sudicione* chanceux fait sauter la banque et je suis à la rue.

— Je cherche du travail.

— Quel genre de travail ?

— La table de roulette. Je suis croupier.

— Vous ? (Benny Goodman et lui, pris de court, la regardèrent en battant des paupières.) Vous ? Vous travaillez dans des tripots ?

— Oui. Au casino de Baden-Baden. Et ce n'était pas un tripot.

— Où c'est ?

— En Allemagne, Cesare, lui dit Benny.

— J’ai dû m’en aller (Cora fit une petite prière.) À cause de Hitler.

— Oh, ce Hitler ! (Benny secoua la tête.) C’est un *schlimazel.*

Cesare fronça les sourcils et gratta sa joue grisâtre.

— Une nana ici qui fait tourner la *ruota*, marmonna-t-il. Ça, ce serait chouette, hein, Benny ?

— Ça donnerait du style à la maison, répondit Benny en hochant la tête. De la classe.

— *Perché no ?* (Cesare servit une nouvelle tournée.) D’accord. On va faire un essai.

## IX

Après avoir été cocher à Baltimore, Tony, pendant cinq ans (1900-1905), mourut chaque jour dans une péniche de Chesapeake Bay amarrée à un quai du Havre de Grâce. En même temps, il était veilleur de nuit dans une usine de meubles d’Eckton, Maryland.

Puis il émigra au nord pendant les dix années suivantes (1905-1915) et suivit les cours du soir de l’Université de Pennsylvanie, à Philadelphie, accumulant les diplômes par vingtaines et travaillant de minuit à l’aube comme balayeur de rues et comme éboueur.

De 1915 à 1925, il habita le New Jersey, jouant

du piano et de l'orgue électrique dans divers cinémas de Camden, Egg Harbor City et Asbury Park, s'occupant de stands d'attractions foraines et travaillant quelque temps comme mécanicien d'usine dans un hangar de Fort Dix.

L'année 1925 le trouva à Trenton où il resta jusqu'en 1935 et se fit congédier tour à tour pour incompétence et absentéisme (équipe de nuit d'une usine de câbles), pour ivresse (adjoint au chef d'un grand restaurant) et, finalement, pour manquement aux usages (maître d'hôtel dans un établissement prestigieux).

Il resta ensuite sans emploi pendant plusieurs années, se cachant dans un wagon de marchandises abandonné sur une voie de garage, près d'Elisabeth.

Puis, en 1938, il fut engagé comme videur dans une auberge de la banlieue de Newark. Là, son sort s'améliora considérablement.

Voici comment :

Deux durs du coin, un duo de voyous au petit pied, avaient coutume de traîner dans le parc de stationnement de l'auberge et de dépouiller les ivrognes qui sortaient du bar en titubant.

La veille de Noël, un type genre étudiant arriva au bar. Non seulement il avait trop bu mais il semblait également mineur. Le barman refusa de le servir. Le gamin se mit à faire du tapage. Tony le calma et lui paya une tasse de café.

Il était étudiant à l'Université de Rutgers et s'appelait Argoli. Comme il était d'origine italienne, il eut tôt fait de s'engager avec Tony dans une discussion orageuse sur le fascisme — Argoli braillant que Mussolini était un héros tandis que Tony affirmait que c'était un salaud. Ils faillirent en venir aux mains... et se lancèrent dans une grande discussion sur la musique de Verdi. Il se trouvait qu'un de leurs opéras favoris était *Giovanna d'Arco*. Tony se précipita au piano du bar et joua tout le chœur *Spiriti Malvagi*. Puis Argoli chanta l'air de Giovanna, *Oh, ben s'addici questo*. Puis ils beuglèrent le finale de l'Acte II à l'unisson :

*Fuggi, o donna maledetta*
*Esci ormai de queste mura*
*Pria che il cielo in sua vendetta*
*Francia invada di terror !*

pendant que le barman et les clients jodlaient leurs protestations.

À deux heures du matin, Tony raccompagna son hôte jusqu'au parc de stationnement. Polk et Dawson les agressèrent.

Argoli tomba sous les coups, le nez cassé, une dent déchaussée, pendant que Tony, mettant en jeu sa force satanique de créature, tabassa et faillit tuer les deux voyous.

Étourdi de douleur et de reconnaissance, Argoli le supplia de l'accompagner à New York. Tony accepta. Une heure plus tard, ils se trouvaient au Stuyvesant Club de Lexington Avenue et buvaient un dernier pot avec le père du jeune homme, qui n'était autre que le roi des jeux, le *mafioso* Cesare Argoli.

— Cette dette sera payée, jura le vieil homme avec une solennité toute italienne. Alors dites-moi : qu'est-ce que je peux faire pour vous ?

— Me donner du travail, répondit Tony.

— *D'accordo !*

Il fut engagé sur-le-champ et devint le pianiste de l'orchestre du cercle.

*

À La Balançoire, Tony jouait un pot-pourri d'airs de Simon et Garfunkel. Une ménagère beurrée, qui avait des cernes de mascara et les cheveux défaits, n'arrêtait pas de brailler.

— Hé ! Vous connaissez *Off We Go Into the Wild Blue Yonder ?* Hé, Bob, paie un verre au pianiste, je veux qu'il joue *Off We Go Into the Wild Blue Yonder !*

Sans lui prêter la moindre attention, il se lança dans un adagio compliqué en se souvenant du soir où il avait vu Cora pour la première fois.

*

La fille qui était à la table de roulette était absolument sensationnelle. Il demanda qui elle était à Hal, le batteur.

— Sans doute une autre pute de Broadway,

répondit Hal d'un ton méprisant (ce qui voulait dire qu'il ne l'avait jamais vue, lui non plus).

Tony la dévorait des yeux. Son incroyable beauté le transperçait de bonheur et d'extase. Dieu du ciel ! Elle était surnaturelle ! Fantomatique ! Elle se tenait à côté de Bobby Clark, Fanny Brice et Billy Rose, et semblait une princesse viking émergeant au-dessus d'une bande de gnomes.

Elle pleurait !

Il vit le vieux Cesare qui lui glissait une plaque, et elle qui misait sur le rouge et gagnait trois fois d'affilée.

Puis, la tête en arrière, le menton insolent, elle se dirigea vers le bar, éclipsant la foule, traversant la salle d'un pas nonchalant digne d'Hippolyte, Reine des Amazones !

Il la lui fallait ! Rien qu'une gorgée ! Une toute petite gorgée ! Vingt grammes ! La soif lui brouilla la vue... *Don Giovanni* gronda dans ses oreilles.

— « *Gia la mensa è preparata !* »
— « *Ah, che barbaro appetito !*
*Che bocconi da gigante !*
*Mi par proprio di svenir !* »

Mais en avait-il le temps ? Il regarda sa montre. Non... si... il pleuvait, il ferait encore sombre pendant des heures...

Il la suivit quand elle s'en alla. Elle entra dans un immeuble de l'autre côté de la rue. Au poil !

Parfait ! Il pouvait en finir en l'espace de quelques secondes !

Il se précipita dans le hall, puis dans l'escalier, derrière elle. Mais elle fut plus rapide que lui. Sa porte se refermait à l'instant où il atteignait le palier du dernier étage.

Il continua, montant quatre à quatre les marches raides qui menaient au grenier et à la porte qui ouvrait sur le toit. La porte était fermée à clé. D'un tour de poignet puissant, il la força et faillit l'arracher de ses gonds.

*Elle est à moi !* hurlait son cerveau. *Tous les anges du ciel ne pourront pas la soustraire à ma soif !*

Il bondit sous la pluie battante et se laissa glisser sur le toit en pente jusqu'à la lucarne de la chambre mansardée. Il se pencha pour regarder, l'œil rapace et l'eau à la bouche.

Elle se tenait juste au-dessous de lui, au milieu de la pièce presque vide. Elle se déshabillait et sa peau nue scintillait comme l'ambre mouillé. Elle s'assit sur un tabouret pour enlever ses bas.

Il la regarda en clignant des paupières, les yeux écorchés par le désir et par la faim. Il vit ses hanches, ses longues jambes, ses seins, ses épaules et sa gorge luisante à travers un brouillard rouge et brûlant.

Elle se leva, enfila une chemise de nuit, se tint un instant sur la pointe des pieds, gracieuse, puis elle se dirigea vers un coin de la pièce où se trouvait un gros objet massif, recouvert d'un tissu. Elle l'écarta d'un geste sec, révélant un cercueil. Elle éteignit la lumière, monta dans le cercueil, referma le couvercle.

*

Il se mit à genoux dans la grisaille humide, vidé de son désir violent, pétrifié, la tête vide.

La pluie cessa et le ciel s'éclaircit.

Il eut un rire triste. Il avait commis une erreur en défiant les anges du ciel. Brand l'avait pourtant mis en garde. *Ne blasphème jamais, Anthony. Ton ennemi le plus habile n'est pas le flic ou le pasteur, ni même le zélateur brandissant la croix. Oh, non. C'est Dieu, fort de son ironie.*

Il se releva mollement et retourna dans la rue.

Les deux Argoli, père et fils, sortaient du Stuyvesant à l'instant même. Ils le virent et l'appelèrent.

Il s'enfuit. Il courut dans la 59e Rue Est. Il habitait dans la 81e Rue Ouest, loin de là, aussi n'était-il pas question pour Tony de rentrer chez lui. Il trouva un taudis vide, dans la Deuxième Avenue, et passa la journée dans la cave, recroquevillé sous un tas de gravats, comme un vieux rat crevé.

# X

Vêtue d'une robe du soir décolletée dans le dos jusqu'à la taille — qui lui avait coûté deux cents dollars — (« la robe Norma Shearer » disait le vieux Cesare), Cora nouait un foulard rouge autour de sa tête pour empêcher ses cheveux de lui tomber dans les yeux et enfilait un gant noir pour protéger sa main de la poignée de la roulette. Elle était devenue, du soir au lendemain, une célébrité new-yorkaise. La clientèle du club avait triplé. Joueurs et touristes affluaient des quatre coins de la ville pour perdre quelques dollars et rester bouche bée devant la belle dame croupier de Baden-Baden qui chantait la messe de la table en un français exquis. Un acteur renommé de Broadway tomba amoureux d'elle et, tous les soirs, lui envoya une douzaine de roses blanches. Son épouse, encore plus éprise, lui offrit un bracelet d'émeraudes. Un dénicheur de talents de la Warner Brothers essaya de la convaincre de tourner un bout d'essai. Dans sa chronique, Walter Winchell l'associa en termes romantiques à Charlie Chaplin, au Duc de Windsor, à Robert Montgomery et à Fiorello La Guardia. F. Scott Fitzgerald passa un soir et la baptisa « La Vierge de Glace », sobriquet qui devait lui rester pendant bien des années !

Cora acceptait tous ces hommages avec indifférence, se contentant de faire tourner la roulette et d'engranger pourboires et salaire.

À l'aube, quand le cercle fermait, elle traversait la rue et gagnait son repaire, fermait la porte à clé, jouait du violoncelle pendant une heure (deux ou trois heures si le temps était couvert) puis reposait en paix jusqu'au crépuscule. Le dimanche soir, elle chassait et buvait.

Ce cycle devint paisible et invariable, aussi reconstituant qu'un euphorisant. Tous les soirs à huit heures, quand elle revenait à sa table, Argoli l'Ancien lui demandait :

— *Ebbene, Altezza ? Come sta ?*

Et elle répondait :

— *Sta bene.*

Et c'était vrai. Tout allait bien.

Mais cela ne dura pas longtemps.

*

En rentrant chez elle, un matin à l'aube, elle trouva dans sa boîte aux lettres un livre : *Dracula*, de Bram Stocker.

Le lendemain, posé sur le palier devant la porte de son atelier, il y avait un paquet dans un emballage cadeau. Il contenait un miroir de magasin à prix unique.

Trois nuits plus tard, lové comme un serpent dans

la poche de son manteau suspendu au vestiaire du cercle, elle découvrit un chapelet catholique.

Elle ne s'affola point. Quand elle viendrait, la révélation serait aussi brutale et inattendue que l'incendie de Tunkhannock. Il n'y aurait certainement pas d'avertissements du sort qui l'attendait. Les zélateurs ne s'amusaient pas. Tout ceci n'était donc qu'un jeu. Son tourmenteur — quel qu'il fût — n'avait pas l'intention de la démasquer. Il voulait la faire marcher.

Elle ne se trompait pas.

La première lettre anonyme arriva une semaine après l'incident du chapelet.

*Chère miss Nosferatu,*
*Ne vous en faites pas. Avec moi, votre secret est bien gardé. Mes lèvres sont scellées.*

La deuxième arriva quelques jours plus tard.

*Adorable vampire,*
*Je ne veux que $ 1 000.*

Elle rit de soulagement. Alors, c'était ça ? Du chantage !

Les instructions pour la remise de l'argent lui furent livrées le lendemain matin :

*Très chère sangsue,*
*Faites un saut à Central Park, ce soir, avant d'aller travailler. À la porte de la 72e E, déposez le fric sous*

*le banc marqué d'un X. (J'espère que vous ne m'en voudrez pas de vous saigner comme ça. Le jeu de mots est involontaire. Ha ! ha ! ha ! ha !)*

Elle avait d'abord cru que le plaisantin était Argoli le Jeune, l'ivrogne butor de fils de Cesare. Depuis plusieurs mois, il la poursuivait de ses assiduités et devenait encore plus insupportable que ne l'étaient le comédien dément et son hystérique épouse. Maintenant, elle avait des doutes. Le style des lettres n'était pas le sien — il n'avait probablement jamais entendu parler de *Nosferatu* — et les mille dollars étaient une absurdité. Cesare l'Ancien le bourrait de fric. Il avait cinq cents dollars par mois d'argent de poche ! Par contre, son maître-chanteur avait besoin d'argent. Elle avait l'impression de *sentir* son désespoir. *Je ne veux que $ 1 000*. Ce n'était pas une plaisanterie, c'était un cri d'angoisse.

Si ce n'était pas Argoli Junior, qui donc cela pouvait-il être ? Manifestement quelqu'un du Stuyvesant. Cesare l'Ancien ? Non... Les Italiens nés en Italie prenaient l'amitié au sérieux. Un employé ? Un des trois garçons de la table de black jack ? De vrais voyous. Hal, le batteur ? Un salaud, pédéraste et renifleur de neige. C'était bien son genre. Il la détestait, il était toujours fauché, il était mauvais comme une teigne.

Elle mit dix billets de cent dollars dans une enveloppe et remonta la Cinquième Avenue.

En passant devant le Frick Museum, elle eut soudain conscience de vibrations et d'un regard inquisiteur. Ah ! Il l'observait. Pour tromper sa vigilance, elle feignit la terreur, filant comme un chien battu, voûtée, l'air coupable, les yeux fuyants, regardant subrepticement par-dessus son épaule.

Elle entra dans le parc à la 72e Rue. Il y avait un banc sur le dossier duquel on avait tracé un X à la craie. Elle jeta l'enveloppe dessous et courut vers le Mall comme si elle fuyait un juste châtiment.

Elle bondit dans les buissons et revint en douce vers la porte. Elle se cacha derrière un arbre et attendit, surexcitée, tremblante.

Une haute et leste silhouette, vêtue d'un imperméable blanc et fumant un cigare, s'avança vers le banc. C'était un homme qu'elle ne put reconnaître car il était dans l'ombre, mais elle vit bien que ce n'était pas Hal, ni Cesare Junior. Ni l'un des trois garçons de la table de black jack.

Il s'assit, tendit le bras sous le banc, ramassa l'enveloppe. Il se leva rapidement, sortit les billets de l'enveloppe, les compta. Une voiture passa, dont les phares le frappèrent.

Elle eut un hoquet de surprise. C'était le pianiste, Tony Logan.

Il se mit brusquement à marcher dans le sentier et passa devant elle. Elle le suivit en restant à l'abri des buissons.

C'était incroyable ! Logan ! Diable ! Comment avait-il pu découvrir la vérité sur elle ? Elle ne le connaissait même pas. Ils s'étaient parlé exactement deux fois — une fois quand elle lui avait demandé en plaisantant s'il pouvait atteindre un écart d'une douzième, une autre quand il était venu jouer à sa table et avait perdu vingt dollars sur le zéro.

Et si elle mordait ce salaud ? Ça lui apprendrait ! Il s'était arrêté pour rallumer son cigare. Elle s'approcha de lui sans faire de bruit. Oui, il l'avait bien mérité, ce faux-jeton. Le saigner un peu, voilà ce qu'elle allait faire, rien que pour lui apprendre à traîner, le soir, dans le parc où rôdaient d'adorables vampires.

Elle recula d'un bond pour se mettre à l'abri quand elle vit le couple. Un peu plus loin, dans le sentier, une fille et un garçon, appuyés à une grille, se bécotaient furieusement.

Logan les vit aussi. Il resta un instant à les observer. Puis il se remit en mouvement et fondit sur eux comme un aigle. Il leva le bras et abattit violemment le tranchant de sa main sur la tête du garçon qui s'écroula. Avant que la fille ait eu le temps de hurler, il l'emprisonna dans ses bras et posa ses dents sur sa gorge.

Cora le regarda, avec stupéfaction, la siffler goulûment.

## XI

Il neigea toute la nuit et le Stuyvesant Club resta désert. Cesare ferma tôt. Tony qui, pour changer, se sentait agréablement solvable, se rendit à Harlem pour écouter du jazz et payer quelques dettes. Puis il se promena dans Riverside Drive pour voir le soleil se lever. Enfin, il rentra chez lui, dans la 81e Rue Est, à six heures et demie.

La chambre où il bivouaquait moyennant dix dollars par mois avait un lavabo, une fenêtre cassée, des murs humides et un radiateur déglingué qui ne chauffait pas.

Il soupçonna qu'il se passait quelque chose d'anormal quand il s'aperçut que la porte n'était pas fermée à clé. Il était sûr et certain d'avoir donné un tour de clé en partant, la veille au soir... Il le faisait toujours — ne pas protéger son repaire eût été impensable ! Il vérifia tout rapidement pour voir s'il manquait quelque chose. Ses vêtements étaient intacts, ses cigares et ses livres aussi.

Il renifla, grogna comme un chien de chasse. L'humidité coutumière était légèrement teintée d'une senteur de verdure et de fleurs. Comme si la moisissure avait été saupoudrée de lavande. Du parfum ! C'était du parfum ! Un parfum de femme !

Il se précipita vers la penderie, l'ouvrit. Son cercueil était toujours là, posé verticalement. Il le sortit, le laissa tomber par terre et voulut soulever le couvercle. Impossible. Il avait été fermé avec des douzaines de clous bien enfoncés à coups de marteau.

Il transforma le cercueil en petit bois en essayant de l'ouvrir. Finalement, il fut obligé de mourir par terre, dans la penderie, enveloppé de son imper.

Le soir, en descendant, il trouva un mot dans sa boîte à lettres :

*Chère Goule,*

*Ne craignez rien ! J'emporterai votre secret dans la tombe ! Je ne veux que mes $ 1 000.*

## XII

Quand il arriva au cercle, elle était déjà assise à la table de roulette. Elle sentit sa présence avant même de le voir, se sentir bombardée de vibrations rageuses. Elle se tourna. Il était au bar et la fusillait du regard. Elle lui sourit.

Il s'approcha, lui tendit six des dix billets de cent dollars.

— J'ai dépensé le reste, dit-il.

— Misez-les sur le rouge, dit-elle, il est temps qu'il sorte.

Il joua le rouge et gagna mille deux cents dollars. Elle en accepta mille et lui en laissa deux cents.

*

Ils restèrent au Stuyvesant Club pendant toutes les années 40 et une partie des années 50, traversant la Deuxième Guerre mondiale et trois présidences, celles de Roosevelt, de Truman et d'Eisenhower.

En 1943, Cesare le Jeune s'engagea dans les Marines. Avant d'embarquer, il demanda à Cora de l'épouser. Elle refusa. Ainsi rejeté, il prit une cuite romantique et quitta New York comme un soldat hollywoodien, mal rasé, sombre, étreignant en souvenir d'elle une plaque de £ 100. (Il passa toute la guerre à Hawaï, habitant un appartement dans un hôtel de Honolulu et faisant fortune en vendant de la pénicilline au marché noir.)

Évidemment, Tony ne fut pas appelé sous les drapeaux. Cora lui prêta l'argent nécessaire pour acheter de faux papiers. Il ne la remboursa jamais.

En août 45, ils vécurent des moments terribles. La police fit une descente dans le club et embarqua Cesare l'Ancien et tous les employés. Enfermés dans la cellule du commissariat de Center Street, Tony et Cora attendirent avec terreur le lever du soleil.

— Que va-t-il se passer ? lui demanda-t-il en s'accrochant désespérément à elle.

— Je ne sais pas, répondit-elle d'un ton sourd, incapable d'accepter le fait que son heure, enfin, était venue et que c'était définitivement la fin. Merde ! Je suppose que nous allons nous décomposer, ou quelque chose comme ça.

— Il paraît que lorsque Sutton a été transpercé par un pieu... je t'ai parlé de Sutton le Glouton, n'est-ce pas, à Baltimore... ?

— Ouais.

— Eh bien, il paraît que lorsqu'il a passé l'arme à gauche, sa tête est restée vivante pendant des heures et elle hurlait...

— Arrête ! Bon Dieu !

— ... rien que sa tête qui hurlait, qui braillait... Le reste de son corps a fondu en pourriture...

— Je t'en prie, Tony !

— Rien que sa tête qui roulait par terre comme une balle de basket... Pour finir, ils ont dû la brûler pour le faire taire... Ils l'ont fichue dans un fourneau...

Cesare les regardait. Il aboya :

— Qu'est-ce qui vous prend, tous les deux ? Ça suffit ! On sera tous libérés d'ici demain midi !

— Midi ! (Tony eut un rire amer.) Demain !

Ils furent sauvés *in extremis* par la radio qui annonça que le Japon avait capitulé. La guerre était finie ! Pour fêter l'événement, on les relâcha tous.

*

Puis, en 1954, Cesare fut abattu à Jersey City par — dit-on alors — des concurrents de L.A. Le cercle fut fermé.

Cora et Tony étaient prêts à cette éventualité. Depuis quelques mois, ils avaient mis au point un numéro de cabaret. Il ne se passa pas deux semaines qu'ils étaient engagés dans une taverne du Village, La Tonique, où Cora jouait de la guitare et

Tony de la cithare. Ils avaient pris un nom de scène : Antonius et Cori.

Ils eurent un certain succès et enregistrèrent deux disques chez Decca. Un de leurs airs, *Minuit*, figura au hit-parade.

Puis ils passèrent à la Pierre de Lune, dans la 99e Rue Est, et au Portemanteau, de Vernon Boulevard, dans Queens.

En 59, ils achetèrent une Buick et une caravane d'occasion et allèrent présenter leur numéro à travers le pays jusqu'à Nashville et Atlanta, engagés pour un soir dans des clubs ou des bars.

Ils ne revinrent pas à New York.

Ils acquirent une certaine renommée en se produisant à la télévision locale de plusieurs États, surtout dans le Sud où leur spécialité était la « Country Music ». Ils enregistrèrent un autre disque.

Les années 60 passèrent. Ils vécurent et moururent pendant la présidence de trois autres hommes : Kennedy, Johnson et Nixon. Il y avait une guerre au Viêt-nam. Des astronautes américains marchèrent sur la lune.

Un après-midi, dans un terrain de caravaning de l'Alabama, un voleur s'introduisit dans leur caravane et découvrit leurs cercueils. Il s'enfuit en hurlant de peur. Ils se réveillèrent assiégés par une cohorte de paysans bien décidés à les lyncher. Jouant des pieds et des poings, ils parvinrent à traverser la foule et à s'échapper dans la Buick, mais ils durent abandonner la caravane.

Ce fut la fin d'Antonius et Cori.

Cette fois encore, ils ne furent pas pris au dépourvu. Whistler était entreposé dans un garde-meuble de Columbia, Caroline du Sud, et ils avaient un tas de fric dans un coffre de banque, à Savannah. Ayant acheté une autre caravane et de nouveaux cercueils, ils prirent le chemin de la Floride.

*

C'est à cette époque que Cora tenta ses premières expériences sexuelles. Après la bagarre avec les paysans, elle prit enfin conscience de ses grandes aptitudes physiques — de ce que Tony appelait sa « créaturaison » — et cela créa soudain en elle un intérêt, jusqu'alors latent, pour son corps.

Un soir, sur une plage de St. Augustine, elle se laissa déflorer par un type qu'elle avait levé. Il la prit brutalement, la jetant par terre, se laissant tomber sur elle et la battant en brèche comme à coups de bélier. Cela lui plut énormément.

Elle poursuivit ses recherches avec Tony et diverses victimes rencontrées au hasard. Elle se mit à préférer les accouplements rapides et brutaux, en position debout, dans une porte cochère, et les rapports oraux et gloutons avec ses victimes féminines. Elle découvrit avec stupéfaction qu'elle était absolument bisexuelle.

— Asexuelle, rectifia Tony. Un monstre affamé ne fait pas la différence entre un homme et une femme.

C'était la vérité. En ce qui la concernait, les êtres humains — amants ou aliments — étaient complètement asexués ; elle ne voyait en eux qu'un troupeau d'esclaves dont la seule raison d'être était de satisfaire ses appétits.

Cette affreuse prise de conscience lui fit faire un pas de plus dans son infinie progression vers l'isolement absolu.

*

C'est pendant les années 70 qu'elle rencontra un fantôme du passé, dans le hall bondé d'un hôtel de Miami.

Quand il se planta devant elle, l'œil rond, la bouche bée, elle fit semblant de ne pas le reconnaître.

— Cora !

— Oui, dit-elle en souriant, c'est mon nom.

— Vous ne vous souvenez pas de moi ?

— Non, je regrette.

Évidemment, elle lui mentait. Il avait une cinquantaine d'années, les cheveux gris, la peau flasque, il était tiré à quatre épingles et son visage était celui d'un alligator plein de fric et content de lui.

Cesare Argoli le Jeune !

Quand il lui dit qui il était, elle s'écria :

— Oh ! (Puis, joignant les mains avec un élan de fillette, elle poursuivit :) Vous m'avez prise pour ma mère ! Comme c'est mignon !

— Votre... mère ?

— Oui, je suis la fille de Cora Dana.

Il accusa le coup. L'air suffoqué, il demanda :

— Où est-elle ? Votre mère... qu'est-elle devenue ?

Elle soupira et baissa la tête :

— Elle est morte en me donnant le jour.

Il fut atterré par cette nouvelle. Il l'invita à dîner et, se cachant derrière le menu, il lui montra une plaque de $ 100 attachée à la chaîne qu'il portait autour de son cou épais. Il chuchota :

— Elle m'a donné ceci. Quand je suis parti à la guerre. Nous étions très amoureux. Je lui ai demandé de m'épouser, mais... (Il serra les dents et ajouta, dans un murmure théâtral :) La Vierge de Glace !

— Elle m'a dit qu'à New York un homme l'appelait ainsi.

— Pas moi ! protesta-t-il. Pas moi ! C'était F. Scott Fitzgerald, l'écrivain. Lui aussi, il l'aimait. Ils l'aimaient tous. Noël Coward, Cole Porter, Hemingway, Irving Berlin... À propos, qui est votre père ?

— Il s'appelait Logan. Anthony Logan.

— Le pianiste ? Ça ne m'étonne pas. Où est-il, maintenant ?

— Il est mort.

— Je suis navré de l'apprendre. Ils travaillaient tous les deux chez mon père, au cercle de jeux Stuyvesant, dans Lexington Avenue.

— Oui, je sais. Elle m'a beaucoup parlé de Cesare Argoli l'Ancien. Et de vous.

— De moi ? murmura-t-il. Elle vous a parlé de moi ?

— Elle se demandait souvent ce que vous étiez devenu.

— Je suis maintenant propriétaire de cinq clubs dans cinq États, répondit-il d'un ton fanfaron.

Elle sauta sur l'occasion qu'il lui offrait sans le savoir.

— Alors, vous pouvez peut-être me donner du travail ? Je suis croupier, moi aussi.

— Ah bon ?

— Oui. Maman m'a enseigné tous les secrets de la roulette. (Elle se souvint avoir joué la même scène avec Argoli Père, un matin pluvieux à New York, il y avait près de quarante ans.) Benny Goodman ! s'écria-t-elle en riant.

— Comment... ?

— C'est Benny Goodman qui a décidé votre père à l'engager. Vous le saviez ?

— Non.

*Ô temps immémorial !* songea-t-elle.

Bien entendu, il l'engagea. Sur-le-champ.

## XIII

Il y avait huit ans de cela. Et maintenant, elle était là, avec son ennui, ses ennuis et son besoin d'argent, elle faisait tourner cette connerie de roulette et pensait à des chauves-souris.

— Trente-deux rouge ! annonça-t-elle. Pair et passe !

Des chauves-souris.

Elle alluma une autre cigarette qu'elle glissa dans le fume-cigarette.

À minuit, Eddie vint la remplacer pendant qu'elle faisait une pause. Elle but un Bloody Mary au bar, puis se promena dans la foule et regarda les joueurs.

Il y avait partout des Arabes. On se serait cru à la Casbah. Elle vit six Iraniens, quatre Yéménites, deux Arabes du Bahrein — tous milliardaires — et leur entourage flagorneur en train de jouer au black jack, tandis que les Palestiniens, les Irakiens et les Libyens, moins voyants, jouaient aux dés. (Argoli, *il Giovane*, les avait baptisés « les Cheiks sans provisions » car ils ne perdaient jamais plus de dix mille dollars par soirée.)

Elle se dirigea vers le comptoir des caissiers et regarda Irving et ses employés compter des paquets de dollars. De beaux dollars bien verts ! La faim et la cupidité lui nouèrent l'estomac. Combien de centaines de milliers de dollars ces petites mains crasseuses tripotaient-elles chaque soir ?

Irving se pencha pour la regarder en plissant les yeux derrière les verres épais de ses lunettes.

— Vous voulez quelque chose, Cora ? demanda-t-il d'un ton grincheux.

— Non, merci.

Elle s'éloigna. Un Arabe passa, calculatrice de poche en main, appuyant nerveusement sur les touches en murmurant :

— Huit mille plus seize mille plus onze mille plus trois mille...

— Trente-huit mille, dit Cora.

Il appuya sur la touchc et regarda Cora d'un air surpris.

— Mais c'est juste, dit-il en riant.

À minuit et demi, elle retourna à la table de roulette et reprit sa place.

— Faites vos jeux, mesdames et messieurs ! lança-t-elle ; sautant d'un pied sur l'autre car elle était trop agitée pour s'asseoir. Faites vos jeux !

Houou ! Alleluia ! Les yeux lui brûlaient et ses nerfs étaient à vif, comme si tout un Vatican de cardinaux avaient brandi des crucifix sous son nez. Absurde ! Aberrant ! Houou ! Son esprit cessa enfin de calculer et de bouillonner car sa décision était prise. *Elle savait ce qu'elle allait faire !*

Elle fit tourner la roulette.

— Les jeux sont faits !

*

Le cercle fermait à trois heures du matin.

Elle recouvrit sa table et porta ses plaques au comptoir des caissiers. Elle y trouva Eddie qui se servait d'une pelle à main pour enfourner l'argent dans deux grands sacs.

Peg passa en courant.

— J'ai vendu huit cents cigares ce soir ! cria-t-elle. C'est un record !

— Félicitations.

— Je vais à une fête. Tu veux venir, Cora ? C'est... (elle baissa la voix) tout noir.

— Non, merci, Peg.

Eddie ramassa les deux gros sacs bourrés d'argent et les emporta à l'arrière de la pièce. Cora le suivit.

— Je peux monter avec vous, Ed ? Je veux voir M. Argoli.

— Oui, bien sûr. Vous allez essayer d'obtenir un autre prêt, ma belle ? ajouta-t-il en souriant.

— C'est exact.

Ils entrèrent dans l'ascenseur privé. Deux caissiers dont le revolver déformait la poche entrèrent avec eux.

Ils montèrent au dernier étage.

— Combien, ce soir ?

— Une bonne moyenne, dit-il en haussant les épaules. Six ou sept cent mille dollars.

— Ces Arabes sont quand même beaux joueurs. Qu'est-ce qu'ils peuvent perdre ! dit un des caissiers. Le petit Yéménite ne joue que des plaques blanches.

— Ils le récupèrent, fit l'autre caissier avec un reniflement de mépris, quand ils nous vendent leur pétrole.

L'appartement d'Argoli occupait un tiers du toit de la Tour Titan, au cinquantième et dernier étage. Dans le vestibule dallé d'un marbre rouge et beige hideux et auquel on accédait en sortant de l'ascenseur, deux voyous au visage de granit, portant chacun un .45 dans un étui accroché à l'épaule, étaient assis à une table et jouaient aux échecs. Affalé sur un divan contre lequel était appuyé un fusil à canon scié, un autre voyou lisait *Oui*.

Suivi de Cora, Eddie traversa le vestibule et flanqua un grand coup de pied dans une porte. Un guichet s'ouvrit, laissant voir les grosses lunettes qui donnaient à Irving un regard de hibou.

— C'est moi et Cora, Irv. Elle veut voir le patron.

Irving ouvrit la porte. Ils pénétrèrent dans un couloir faiblement éclairé et redouté de Cora car il y avait trois miroirs sur le mur.

— Attendez là, lui dit Eddie en passant les deux sacs à Irving, puis en se dirigeant vers le salon.

Irving transporta les sacs dans une pièce et les vida sur une table — une avalanche de liasses vertes se déversa, butin arraché à des douzaines de puits de pétrole islamiques. Cora regardait par la porte ouverte, presque paralysée de tension. Six ou sept cent mille dollars ! Inch'Allah !

— « Sésame, ouvre-toi », dit-elle en français.

Il se tourna vers elle.

— Hein ?

— Edmond Dantès, lui dit-elle. Il découvrit un trésor dans une cave sur une île de la mer Tyrrhénienne et devint si fabuleusement riche que personne n'osa lui demander qui il était ni d'où il venait. Vous n'avez pas lu *Le Comte de Monte Cristo*, Irving ?

— Non.

— L'argent en tant que thème dans la littérature

française est un sujet d'étude passionnant. Dumas et Balzac, Stendhal et Flaubert étaient carrément obsédés par les questions de revenus, de comptes en banque, d'investissements, de dividendes, etc. *L'Argent* est un des plus beaux romans de Zola. *L'Avare* est la plus grande pièce de Molière. Et il y a un autre écrivain dont personne, ici, n'a jamais entendu parler, qui s'appelait Ponson du Terrail et qui a écrit une soixantaine de livres sur le vol, l'escroquerie et le moyen de détourner les héritages. D'ailleurs, dans l'histoire du roman policier, tous les grands voleurs sont français : le Dr. Cornélius, Fantomas, Rocambole, Arsène Lupin...

— Laissez-moi tranquille, Cora, je compte.

— Mais bien sûr, quand on y pense, dans quel pays la littérature n'est-elle pas dominée par l'argent ? Prenez Dreiser, *Une tragédie américaine*, ou Chaucer...

— Cora ! cria Eddie.

Elle s'abrita les yeux pour se glisser devant les miroirs jusqu'au salon.

C'était une gigantesque pièce toute en roses et en jaunes, d'une incroyable laideur, pleine de meubles affreux et de statuettes de chiens en bronze.

Vêtu d'un pyjama damassé, d'un rose à vous soulever le cœur, Argoli se tenait avec Eddie près de la fenêtre et regardait la terrasse.

— Ce n'est pas une chauve-souris, dit Argoli. C'est un pigeon.

— C'est une chauve-souris, cria Eddie. Regardez-la s'envoler.

— C'est un pigeon. Ou une mouette.

Il y avait un autre miroir sur le mur, à côté d'elle. Cora se plia en deux pour ôter une miette inexistante sur l'ourlet de sa robe du soir.

— Alors ? (Argoli fronça les sourcils, imitant une sévérité de crocodile.) *Che cosa desidera* la Vierge de Glace numéro deux ?

— J'ai besoin d'une avance, Cesare.

— Encore !

— J'ai des problèmes de loyer et des factures, et plein de dépenses urgentes.

— Les temps sont difficiles, soupira Eddie.

— Je ne vous le fais pas dire, convint-elle.

— Votre table a bien marché, ce soir ? demanda Argoli.

— Du tonnerre.

— Elle est formidable ! (Eddie faisait de son mieux pour l'aider, bien qu'il fût fondamentalement une ordure.) On dirait qu'elle a truqué sa roulette, ou je sais pas... On lui doit quarante pour cent des recettes.

— Dites à Irving de vous donner trois cents dollars, dit Argoli.

— J'ai besoin de neuf cents dollars.

— Neuf cents ? Qu'est-ce que vous voulez, Cora, m'acculer à la faillite ? (Il resta un moment à la regarder d'un air furieux, puis il se radoucit.) Bon, bon ! D'accord pour neuf cents !

Elle s'aplatit en disant humblement :

— Merci.

— De rien. Ce ne serait pas pour votre frère, par hasard ?

— Mon frère ? Pourquoi serait-ce pour mon frère ?

— *Quale il padre, tale il figlio.*

— Non, c'est pour moi.

— Il travaille ?

— Oui, il joue du piano à La Balançoire.

— Faites-lui mes amitiés, dit-il avec un sourire désagréable.

— D'accord. Merci encore.

Elle passa à toute vitesse devant les miroirs vides qui semblaient l'attirer comme des maelströms. Elle entra, toute essoufflée, dans le cagibi d'Irving.

— Neuf cents, lui dit-elle en essuyant ses mains moites sur ses hanches. Argoli est d'accord.

Il griffonna une reconnaissance de dette qu'il poussa sur la table vers Cora en lui disant :

— Signez-moi ça.

Il prit alors un billet de cinq cents et quatre billets de cent dans le monticule vert.

— Qui paie ses dettes... dit-il.

— Quoi ?

— Ça aussi, ça concerne l'argent.

— Oui. Bien sûr. Oui.

Elle signa le bout de papier, prit les billets et s'en alla.

— Appuyez sur le bouton qui est sur le mur, là, lui cria-t-il.

Elle trouva le bouton, le pressa. La porte s'ouvrit.

Les trois voyous qui montaient la garde dans le vestibule la déshabillèrent du regard. Elle s'arrêta, claqua des doigts et tortilla du cul avec lascivité.

Ils la regardèrent, bouche bée.

— Bonsoir, les garçons !

Elle leur adressa un petit signe de la main et entra dans l'ascenseur.

## XIV

Il était quatre heures du matin. La Balançoire fermait à deux heures mais Cora savait où elle trouverait Tony à cette heure-là.

Elle marchait dans Elliott Boulevard quand elle vit quatre hommes portant d'énormes filets à crevettes remonter en courant une rue transversale.

— Là ! cria un des hommes en tendant le doigt.

— On dirait qu'elles se retrouvent au-dessus de la place ! Ça doit être une sorte de point de rassemblement.

Une voiture de patrouille s'arrêta à leur niveau. Un flic aux yeux mongoloïdes et furibards passa la tête par la vitre.

— Qu'est-ce que vous foutez là, bande de cons ?

— Des chauves-souris ! hurlèrent-ils en chœur avant de repartir en courant vers Lancing Square.

Un peu plus loin, un vieil homme aux longs cheveux blancs graisseux, attachés en queue de cheval, se tenait sous un réverbère, une lourde croix de bois pesant sur son épaule.

— Arrêtez, mes amis, cria-t-il. Arrêtez ! Il n'y a pas de chauves-souris ! Les autorités vous mentent ! Notre ville est dans les serres d'un féroce prédateur, oui, c'est vrai ! Mais un prédateur bien plus terrible et plus impitoyable qu'une chauve-souris ! Notre adversaire est un...

La voiture de patrouille dérapa en freinant pour s'arrêter près du trottoir. Le flic lui sauta dessus en rugissant :

— Qu'est-ce que c'est que ça ? Qui êtes-vous ?

— Gorgés ! tonna le vieillard. Gorgés du sang de pauvres innocents ! Repus et rouges, nocturnes et non-morts ! Ne dormez point ! Ne fermez point les yeux ! Silencieux comme une ombre, ils se jettent sur les dormeurs, boivent leur âme avec leur sang ! Prenez garde ! Oui, prenez garde !

Il leva sa croix et l'agita. Cora fut accablée par cette sainte malfaisance qui lui brûla les joues et emplit sa bouche d'acide. Elle se détourna, horrifiée, et s'enfuit dans la rue.

*

Tony était une créature routinière. Tous les samedis soir, il jouait au billard dans les locaux de l'American Legion, le dimanche c'était le *Scopone*, dans le quartier de la Petite Italie, mardi, le Fantan à Chinatown et jeudi, une nuit de poker avec les maquereaux noirs dans un hôtel de Cooper Street. Ce soir-là était un jeudi.

Le bossu mexicain qui était dans le hall connaissait Cora, mais faisait toujours toute une histoire pour la laisser entrer.

— Les nègres, ils aiment pas que les poulettes blanches elles entrent dans cet hôtel comme dans un moulin, fit-il d'un ton geignard. Ça donne mauvaise réputation à la maison.

— Vite, Pedro, je suis pressée.

Il finit par lui ouvrir la porte en râlant et en pleurnichant, la précéda le long d'un couloir qui sentait le moisi et ouvrit une porte. L'odeur de fumée rance qui les assaillit avait de quoi incommoder un éléphant. Assis à une table, Tony jouait au poker avec quatre ou cinq Amin Dada, simiesques et, à en juger par sa mine, perdait sa chemise, comme d'habitude.

— C'est toi, Cora ? gueula un des singes. Entre, petite, tu pourras toucher mon morceau de bois rond !

Quand ils éclatèrent tous de rire, on aurait dit une cage pleine d'orang-outans.

Cora fit signe à Tony qui se leva et sortit de la pièce.

— Qu'est-ce qui se passe ? demanda-t-il.

— Je veux te montrer quelque chose.

— Ça ne peut pas attendre ?

— Non.

Il fronça les sourcils, absorbant les vibrations déchaînées de Cora.

— Des ennuis ?

— Pas question ! C'est une bonne nouvelle !

— Pour toi ou pour moi ?

Ils sortirent et prirent un taxi.

— Pour tous les deux ! dit-elle en riant. Argoli te fait ses amitiés.

— Je l'emmerde.

Quand ils s'étaient rencontrés à Miami, Cora avait présenté Tony à Argoli en lui disant que c'était son frère, fils de la Vierge de Glace et d'Anthony Logan. Argoli lui avait offert du travail, à lui aussi, et Tony avait été barman au cercle de jeux. Eddie l'avait viré parce qu'il faisait le malin avec la clientèle et qu'il avait eu une sale histoire avec un Palestinien.

— Où allons-nous ?

— Tu verras.

— Si ça a un rapport avec Argoli, ça ne peut pas être une bonne nouvelle.

— Ha ha ! Attends un peu.

Le taxi s'arrêta dans Greenlawn Avenue, à deux cents mètres de l'appartement de Cora. Celle-ci paya le chauffeur et conduisit Tony dans Woodlawn Street jusqu'à la maison inoccupée.

— Nous y sommes, dit-elle.

Ils se tenaient sur le trottoir, devant la pancarte À VENDRE fixée sur la clôture.

— Et alors ? Qu'est-ce qui se passe, Cora ?

— Regarde cette bicoque.

— Je la regarde.

Elle se hissa, légère, jusqu'en haut de la grille et sauta de l'autre côté.

— Viens ! cria-t-elle à Tony.

Il escalada à son tour et sauta.

Ils se dirigèrent vers les arbres, traversèrent la pelouse au clair de lune.

— Des chênes ! s'écria Tony. Et des ormes d'Amérique ! Ils sont plus vieux que nous !

— Bien sûr ! C'est la forêt vierge !

Ils respirèrent à pleins poumons, s'imprégnant de l'odeur des bois. Puis, contournant la maison, ils passèrent à l'arrière de la propriété. Ils trouvèrent des charmilles, des tonnelles, d'autres arbres, une autre pelouse, des arbustes, des buissons, une véranda, une piscine et un court de tennis envahi par les plantes grimpantes.

— Quelques balles, ma chouère ? fit Tony d'un ton snobinard. Avant l'enterrement ? Hé ! Une piscine ! Qui est-ce qui habite ici, Crésus et sa suite ?

— N'est-ce pas magnifique ?

— Sensass.

— Et l'intimité, Tony ! L'intimité la plus totale !

— Ouais, hors des sentiers battus, c'est sûr.

— Nous y serions en sécurité pour toujours ! Ils ne nous trouveraient jamais ! Jamais ! (La lune se cacha dans un nuage, les enveloppant d'un voile noir. L'espace d'un instant, il ne vit que l'éclat de saphir de ses yeux.) Nous serions en sécurité pendant des décennies ! (Puis le clair de lune revint, la peignant d'argent liquide. Elle contempla les murs étoilés de la maison qui se dressait au-dessus d'eux comme une citadelle.) Nous serions chez nous, dit-elle avec extase, un royaume de solitude ! (Elle se tourna vers lui.) Je vais l'acheter, Tony.

Quelque part au fond du jardin, le loup hurla. Tony sursauta :

— Qu'est-ce que c'est que ça ?

— Le jardin zoologique est là, juste derrière le parc.

— La vache ! On dirait... Qu'est-ce que tu dis ? *L'acheter ?*

— Oui. (Elle traversa la terrasse pleine de mauvaises herbes et regarda à travers les vitres sales de la porte-fenêtre.) Ce doit être le salon. Nous mettrons des rideaux à toutes les fenêtres de devant. Ça lui donnera l'air « habité », comme si elle l'était pendant la journée.

— Ouais.

— Ils nous faudra aussi un jardinier pour tondre les pelouses et tailler tous ces buissons.

— Ouais, ouais. Quand est-ce qu'on emménage ?

— Bientôt.

— Combien ça va coûter ?

— Quatre-vingt dix mille dollars.

— Bof ! Une bagatelle !

— Mais il nous faudra plus que ça. Les frais d'entretien d'un monument pareil doivent être énormes !

— Combien nous faudra-t-il, au total ?

— Six ou sept cent mille dollars. Huit cent mille. Peut-être un million de dollars.

— Bon, alors où est la plaisanterie ?

— Ce n'est pas une plaisanterie. (Elle s'assit sur la balustrade et alluma une cigarette.) Viens ici, petit.

Il monta sur la terrasse et s'assit à côté d'elle. Ils se regardèrent, tous deux vibrant, faisant tous deux partie de la nuit comme le vent et les nuages et les arbres froids et ombreux.

— Nous allons braquer le cercle de jeu d'Argoli, lui dit-elle.

## XV

À sept heures et demie, ils avaient regagné leurs cercueils.

Cora ouvrait la porte de son appartement quand les deux antiquaires gay du 9f sortirent de l'ascenseur, complètement bourrés. Ils titubèrent jusqu'à leur nid d'amour en se gaussant d'elle, comme un vieux couple d'oiseaux moqueurs.

Normalement, cela l'aurait mise hors d'elle mais, ce matin-là, elle ne leur prêta aucune attention. Elle était encore toute excitée, son esprit bouillonnait, ses pensées folles voltigeaient sur les toits, munies d'ailes de chauve-souris. *Ce n'est pas faisable,* se dit-elle, *mais nous le ferons quand même.*

Elle verrouilla la porte de la chambre, ferma les rideaux, se déshabilla, mit sa chemise de nuit, se brossa les dents et grimpa dans sa boîte. Elle resta un moment étendue, les mains sur la poitrine, sentant sur ses jambes nues les chatouilles du satin. *Mais pas seuls*, songea-t-elle. *Il nous faudra de l'aide.* Elle mourut en refermant le couvercle.

Dans son garage humide de l'impasse donnant sur Downing Lane, Tony expira beaucoup plus tranquillement, prenant le temps de remonter et de régler son réveille-matin, de fumer un dernier cigare et de lire deux chapitres de *Les Crocs du Léopard du Ciel*, par Robert J. Hogan.

Puis il s'obligea à penser au casse Argoli et le rejeta aussitôt. Non... c'était complètement dingue. Il faudrait qu'il se débrouille pour convaincre Cora de ne plus y penser. Et pourtant... Oh, oui ! Une manne d'oseille, quel soulagement après ces années de disette ! Une maison en ville ! Quatre-vingt-dix mille dollars ! Pourquoi pas ? Assez d'humilité ! Il était temps de faire son chemin dans la « vie » ! Après tout, il ne rajeunissait pas, haha ! Du fric, du fric, du fric... il était là, il leur suffisait d'aller le piquer ! Pouvaient-ils y arriver ? Pouvaient-ils vraiment mettre au point un système pratique, réalisable, pour réussir un coup pareil ? Pourquoi pas ? Merde ! Est-ce que c'était trop demander ? Une maison à eux... un jardin... un tennis... une piscine... la paix... Il pourrait même s'acheter un costume neuf ! Une douzaine de costards ! Et une motocyclette... Une Suzuki GS-1000E avec un moteur

DOHC à quatre temps... Ou bien une voiture ! Ben oui, quoi ! Ça faisait des années qu'il n'avait pas de voiture ! Pourquoi pas une Datsun 280-ZX ? Six cylindres... Quatre pneus à carcasse radiale... air conditionné... Pouvaient-ils réussir ? Hein ? Est-ce que c'était faisable ? Est-ce...

La mort le frappa comme une massue.

*

Cette nuit-là, après le travail, ils se retrouvèrent dans Woodlawn Street. Tony força la serrure de la porte de la cuisine et ils explorèrent la maison.

Elle était trois fois plus grande que la maison d'enfance de Cora, à Boston.

Au rez-de-chaussée, il y avait six grandes pièces carrées, hautes de plafond, y compris un immense salon avec quatre portes-fenêtres. À l'étage, il y avait huit chambres à coucher et trois salles de bains.

Cora choisit *sa* chambre dès l'instant où elle la vit — une large pièce en L à l'avant de la maison, avec deux rangées de fenêtres s'ouvrant d'un côté sur la rue, de l'autre sur la pelouse.

*Je la peindrai en bleu*, songea-t-elle, *et je mettrai mon cercueil sur une estrade et sous un baldaquin !*

Elle décrocha l'interphone et appela Tony qui lui répondit de l'office :

— Est-ce vous, Logan, mon serviteur fidèle ?

— C'est moi, Madame.

— La piscine est-elle prête pour mon plongeon nocturne ?

— Elle l'est, Votre Grâce. Je l'ai emplie de sang de vierges, comme vous me l'aviez ordonné.

— Encore du sang, Logan ? Bah ! C'est fastidieux ! Videz-la et remplissez-la de Coca-Cola et de nénuphars ! J'ai soif de fantaisie !

— À propos de sujets fastidieux, je dois vous dire que des milices ont à nouveau envahi la propriété. Armés de pieux et de marteaux, ils posent des questions ennuyeuses à propos de notre immortalité.

— La procédure habituelle, mon ami. Donnez-leur un chèque et congédiez-les avec morgue.

— Il sera fait selon votre bon plaisir, Madame.

Quand ils visitèrent le salon, elle s'écria :

— Regarde cette cheminée ! Une merveille !

— La place idéale pour un piano, dit Tony qui se tenait entre deux portes-fenêtres. Face au jardin, comme ça je pourrai jouer des cadences en contemplant les chênes éternels d'un regard nostalgique.

— Nous ferons courir un long divan d'un bout à l'autre de ce mur. (Cora traversa la pièce en gesticulant.) Ou bien plusieurs canapés côte à côte avec des tables à thé. Et au moins trois énormes fauteuils club, par là...

— Des livres ! (Tony tendit le doigt.) De ce côté, une bibliothèque murale allant du plafond au plancher... et une chaîne hi-fi, là, derrière.

Elle protesta :

— Non, nous mettrons la bibliothèque dans une des pièces de devant et la hi-fi dans la petite pièce, derrière l'office...

À son tour, Tony protesta patiemment :

— Écoute, Cora, on va faire un marché. Je ne prends *que* cette pièce et j'en fais ce que je veux et toi, tu peux prendre tout le reste de la maison.

— Le salon ! Tu veux transformer le salon en un campement de clochards comme tu sais si bien le faire ? Jamais ! Pas question !

— Je veux un piano ici, entre ces deux bon Dieu de fenêtres ! fit-il d'un ton rageur.

— D'accord, tu l'auras, ta vacherie de piano ! répondit-elle avec autant de rage. Mais c'est tout ! Tu ne vas pas encombrer cette splendide pièce avec tes cochonneries ! Je ne le permettrai pas ! Tout ton barda ira en haut ! Y compris ton cercueil moisi !

Tony parla d'un ton catégorique :

— Maintenant, tu vas m'écouter ! Je refuse carrément d'être traité en invité parasite ! Ou nous partageons cette tune à égalité, ou je laisse tomber illico !

Elle se radoucit :

— D'accord, dit-elle. Seulement, n'oublie pas que c'est une maison, pas une caravane ou un motel, ou un garage ! Le salon sera la pièce commune ! Ce qui ne veut pas dire que tu auras le droit de prendre les tapis pour des cendriers ou de laisser partout des tas de bouteilles vides !

— Hé ! Et si on s'envoyait en l'air, vite fait ?

Elle étudia cette proposition, ne la trouva pas trop désagréable et répondit :

— D'accord !

Ils se déshabillèrent rapidement et firent l'amour debout, contre la cheminée.

Au loin, dans le jardin zoologique, le loup hurla longuement.

*

Ils descendirent Holland Avenue, traversèrent l'esplanade venteuse et s'assirent sur un banc de pierre de Civic Plaza. Ils contemplèrent les flancs de verre de la Tour Titan.

— Là-haut, dit Cora.

— Où ça ? Qu'est-ce que tu veux dire ? L'appartement d'Argoli ?

— Nous ne pouvons rien faire en bas, dans la salle de jeux ; il y a des gros bras partout. Mais toutes les nuits, quand ils ferment, ils montent l'argent à l'appartement sur les toits.

— C'est vrai, je m'en rappelle.

— Et c'est là que nous les braquerons.

— Minute. Y a de gros bras, en haut ?

— Non, pas dans l'appartement. Ils sont tous dans le vestibule à surveiller l'ascenseur.

— Comment ferons-nous pour passer le barrage ?

— Nous les déborderons.

— Alors, pas question d'utiliser l'ascenseur.

— Non, pas question.

— Il y a un escalier ?

— Je crois bien. Un escalier privé qui va du quarante-neuvième au cinquantième étage. Mais il sera gardé aussi. Et fermé à clé. Alors pas question non plus de passer par l'escalier.

— Alors, comment on fait ?

— Tout le problème est là.

Elle savait qu'il était accroché. Elle le laissa ruminer un moment le problème. Il alluma un cigare puis, assis en silence, ils contemplèrent le sommet brumeux de la Tour.

— Euh... fit-il, puis changeant d'avis, il secoua la tête. Non.

— Quoi ?

— Qu'y a-t-il au quarante-neuvième étage ?

— Je ne sais pas. Sans doute des bureaux.

— Je me demandais... On pourrait peut-être accéder à la terrasse sur le toit par une fenêtre du quarante-neuvième étage. Seulement, merde ! Comment ? Il nous faudrait des cordes, des grappins... Berk ! Regarde un peu cette saloperie d'immeuble ! On dirait une montagne !

— Je ne pense pas qu'on pourrait le faire avec des cordes, Tony. Ce serait trop laborieux.

— Alors, ne parlons plus de cette histoire.

— Si, parlons-en.

— Écoute, Cora, c'est impossible.

— Non. Il y a un moyen.

— Nous sommes obsédés par la pauvreté et toute cette affaire...

— On peut y accéder en volant.

— ... toute cette connerie est un symptôme typique du désespoir. Nous ne raisonnons pas clairement et notre jugement est... quoi ? *Voler ?*

— Des chauves-souris.

— Des chauves-souris ?

— Nous nous changeons en chauves-souris et nous volons jusque là-haut.

## XVI

— J'ai envie de danser !

Elle n'en avait pas vraiment envie, mais elle ne voulait pas lui donner le temps de réfléchir et de donner corps à ses hésitations.

Ils allèrent au Benito, une boîte disco délirante, de Poe Street, dans le quartier de la Petite Italie. Il était plein à craquer de couples tournoyant sous les lumières orange et vertes, battant des mains, tapant des pieds.

Dans la cohue, Cora aperçut Peg qui dansait avec un Noir vêtu d'un costume de léopard.

Tony était complètement annihilé. Il sentait le projet s'emballer puis, tel un toboggan de comédie, dévaler la pente de plus en plus vite pour se précipiter dans quelque gouffre. Il fallait qu'il saute maintenant avant qu'il ne soit trop tard.

Il écarta le problème d'un geste indifférent.

— Eh bien, dit-il, quoi que tu décides, je te souhaite bonne chance. Moi, ça ne m'intéresse pas. (Elle souriait.) Tu m'entends ?

— Tu as vu Peg ? demanda-t-elle.

Ils s'assirent dans un box aux lumières clignotantes et commandèrent deux doubles scotch.

— Elle est comme nous, dit Cora en riant. Une habitante de l'ombre.

— Qui ça ?

— Peg. Elle dort toute la journée et elle vit la nuit.

— Qui est Peg ?

— Elle vend des cigarettes au Cercle. Je suis sûre que si je la saignais à blanc, elle ne s'en rendrait même pas compte.

— Ce n'est pas faisable, Cora. Le casse.

— Elle serait parfaite dans le rôle de *Nosferatu*. Elle adore se coucher à l'aube.

— Écoute-moi...

— Non, toi, écoute-moi, répondit-elle. Tous les matins, Eddie monte le pognon en haut dans deux grands sacs. En moyenne, ils raflent six ou sept cent mille dollars.

Tony écarquilla les yeux :

— Six ou sept cents... Mais tu... ! Ha ! Ha ! Tu parles !

— Et ça, c'est les nuits de la semaine. Le samedi, ça doit faire au moins huit ou neuf cent mille.

— As-tu jamais... ? (La serveuse leur apporta leur verre. Tony engloutit le sien maladroitement, versant la moitié du scotch sur sa cravate.) As-tu jamais essayé de te changer en chauve-souris ?

— Non.

— Moi non plus.

— Mais c'est faisable. Harriet le faisait.

— Cora, mon chou, je t'en prie...

— Et nous pourrons le faire aussi ! (Elle frappa rageusement du poing sur la table.) Merde alors ! Nous sommes des créatures surnaturelles, non ? En principe, nous devons pouvoir faire des tas de trucs fantastiques... Nous transformer en loup ou en chauve-souris... Voler, flotter, disparaître, réapparaître, nous dissoudre et...

— On croirait entendre une pub télévisée ! Tout ce laïus sur les phénomènes occultes... La vache ! Pour y arriver, il faut des siècles d'entraînement ! Les vieux de la vieille peuvent le faire, bien sûr, les créatures antiques des Carpathes à l'époque médiévale... Mais pas nous ! Nous sommes des novices ! Nous ne pouvons même pas payer notre loyer !

— Salut, Cora !

Ils levèrent la tête. Peg se tenait près de leur table ; elle haletait, se tortillait, fumait un joint, et la transpiration rendait sa robe transparente.

Cora la présenta à Tony. Peg s'assit à leur table pour boire un pot rapide.

— Y a une chouette orgie dans une maison de Manx Street, dit-elle en haletant. Vous voulez y prendre part ?

— Qu'est-ce que c'est, cette nuit ? demanda Cora. Des nains ? Des lamas tibétains ? Des Zoulous éclopés ? Des acrobates chinois ?

— Qu'est-ce que vous racontez ! Rien que des gens normaux !

— À vous voir, on pourrait croire que vous avez déjà fait le plein d'émotions fortes, dit Tony.

— Pas question, mec ! Je commence à peine à me mettre dans l'ambiance ! Il faut vivre quand on peut, c'est comme ça que je vois la vie.

— Moi aussi, reconnut-il.

— Alors, allons-y.

Elle les emmena dans sa MG jusqu'à un immeuble de Manx Street. Ils passèrent une heure à se tortiller dans un bourbier de corps nus sur le sol de l'appartement de quelqu'un. Cora coucha avec Peg, avec une fille vêtue seulement d'un casque stéréo (« Je viens de l'acheter », expliqua-t-elle, « et j'ai peur qu'on me le fauche si je le pose quelque part ») et deux jeunes gens qui, tout en la baisant l'un après l'autre, ne cessèrent de parler basket-ball.

Elle songea soudain : *je serai encore là quand ils seront tous morts*. Cette révélation explosa en elle comme une grenade sous-marine, à l'instant même où elle jouissait. *Je ne mourrai jamais ! Comme c'est bizarre ! Vraiment bizarre !*

Elle s'aperçut que Tony se désintéressait totalement de la chair pour fureter dans tous les coins et vider sacs à main et portefeuilles.

Un peu plus tard, ils se retrouvèrent dans la cuisine et se rhabillèrent.

— Rien d'intéressant, lui dit-il. Des cartes de crédit et des pièces de monnaie.

— Personne ne se munit d'argent pour assister à une orgie, Antonius.

— Ce que je cherchais vraiment, c'était une paire de chaussures. J'en ai pas trouvé à ma pointure.

— Taillons-nous.

Ils s'éclipsèrent pour aller siroter encore un peu de scotch dans un bar ouvert toute la nuit qui se trouvait en face de l'immeuble.

— Tu as raison, dit Cora en bâillant. Pour le coup des chauves-souris. Les vieux de la vieille peuvent le faire. Pas nous.

— Évidemment.

— Dommage.

— Ouais.

— Finalement, quand on y pense, dit-elle d'un ton mécontent, on s'est drôlement fait avoir, tu trouves pas ?

— Comment ça ?

— Nous sommes aussi incompétents et limités que le premier salopard venu. À quoi ça sert d'être des créatures si on peut rien faire ?

— Nous y voyons la nuit.

— Tu parles d'un tour de force.

— Et nous sommes plus forts qu'eux.

— Ce serait formidable si nous étions haltérophiles.

— En fait, tu es de mauvais poil.

— Pas du tout. Mais je réfléchis. Alors... (Elle haussa les épaules.) Il n'y a pas deux solutions, hein ? Il nous faut un vieux de la vieille, pas vrai ?

Manifestement, cela lui fit un coup. Il la regarda, bouche bée.

— Qu'est-ce que tu veux dire ?

— Oh, zut ! soupira-t-elle. Je me suis juré de réduire ma consommation d'alcool, et je suis en train de boire comme un trou.

— Pourquoi nous faut-il un vieux de la vieille ?

— Pour nous montrer comment faire.

— Faire quoi ?

— Nous changer en chauves-souris.

Il leva les mains au ciel :

— Tu plaisantes ?

— Certainement pas. Nous n'avons jamais été capables de profiter pleinement de notre situation. Nous en sommes restés au stade des néophytes. Nous sommes des retardés. Alors, il nous faut trouver quelqu'un qui puisse faire notre éducation. (À nouveau, elle bâilla à se décrocher la mâchoire.) Tu piges ? Quelqu'un qui nous montre les ficelles. Je suis épuisée ! Quelle heure est-il ?

— Qui, par exemple ?

— Quelqu'un comme Harriet. Ou Sutton le Glouton.

— Ils ne sont plus dans le coup. (Il pensa au pauvre Dick Sutton, fondant sur Baltimore comme un oiseau de mauvais augure, en hurlant à la lune.) Dieu merci, ajouta-t-il.

— Oui, dommage. (Elle vida son verre.) Et ton ami Brand ?

## XVII

*Brand !*

Il se mit péniblement sur le flanc. Il avait la nausée, des haut-le-cœur et sentait le soleil du matin filtrer par les trous dans la porte du garage et caresser le couvercle fermé du cercueil. *Où es-tu, Brand ?*

« Il *faut* que tu entres en contact avec lui ! » avait dit Cora avec insistance. « Il faut absolument que tu découvres où il est ! Tout de suite ! Aujourd'hui ! »

Plus facile à dire qu'à faire ! Merde ! C'était sinistre ! La moitié de son corps était déjà morte, le reste agonisait de façon ignoble, se pétrifiait, ses poumons se changeaient en ciment, tandis que son cœur avait des râclements et des râles de protestation.

*Brand, es-tu là ? Terminé.*

Il était persuadé que le vieux monstre se trouvait quelque part dans les environs, nageant comme un barracuda dans les ténèbres profondes de ses pensées — concupiscent et colérique, cauteleux, paresseux, refusant obstinément de répondre.

*Brand ! Espèce de salaud !*

Pas d'écho... rien... à peine une cacophonie de motocyclettes, de voitures... d'appareils stéréo...

une Yamaha XS 650 Spécial... une Ferrari 38 GTS... Pourquoi pas une Rolls Royce ?

*Brand !*

Puis il vit Londres, Hyde Park et la baie de Naples et Capri, les vertes plaines de Picardie, en France, et...

*Touoouou... douououou... dadadada...*

Puis encore des voitures, des motos, des plaines... une Honda CB 750 F... une Suzuki GS 850... une autre Ferrari... des Mohawks... de la neige... la forêt... une Bentley...

Il se mit sur le ventre, ne respirant plus que par râles, refusant de mourir.

*Douououou... touououou... dadadedade... douououou...*

Qu'est-ce que c'était que ça ? Ré majeur ! Un violon ! Beethoven !

*Tu me reçois, Brand ?*

Il vit alors les tunnels et les rats, un amas de fange... les murs dégoulinants et les rats... une bouteille de Clos-Vougeot... des rats... encore des rats... le labyrinthe et le Minotaure... crasse, eaux grasses et rebuts... et le vieux Minotaure, rance et rébarbatif, pataugeant dans les ordures... des rats... toujours des rats...

*Qu'est-ce qu'il y a ? Qui est là ? Holà ! Pas si vite !*

*Brand ?*

*Anthony ?*

*C'est toi, Brand ? Tu m'entends ?*

*Arrête de crier !*

*Brand.*

*Est-ce que tu te rends compte qu'il est près de neuf heures, espèce de rustre ? Que veux-tu ?*

*Où es-tu ?*

*D'acc. Écoute, je ne vais pas le répéter deux fois. Près de Highsmith au coin de Hamlyn... Allô !*

*Ouais, je te reçois cinq sur cinq ! Continue !*

*Il y a un parc de stationnement derrière l'immeuble Garrett. De l'autre côté de la rue, juste en face, il y a un bar qui s'appelle Chez Fat... Allô ?... on nous a coupés ? Allô ?*

*Allô !*

*Allô !*

*

CHASSEURS DE CHAUVES-SOURIS DÉCHAÎNÉS BLESSENT QUATORZE PERSONNES ! clamaient les gros titres de la presse du soir. *La police réprime les émeutes !*

Le zélateur — tête chenue, lourde croix sur l'épaule — traversa Civic Plaza, suivi par une horde d'hommes, femmes et enfants porteurs de haches, de battes de base-ball, de fusils, lanternes et torches électriques.

— Ils seront démasqués ! coassait-il d'une voix que la colère rendait rauque. Démasqués et tués ! Massacrés ! Exterminés ! Réduits en cendres ! Dénichés et immolés ! Yea ! Yea !

— Yea ! Yea ! braillaient ses disciples.

Tony se planqua dans une porte cochère et les regarda passer. Ils défilèrent dans Holland Avenue et disparurent en beuglant comme un troupeau de bœufs enragés.

À trois heures dix, Cora apparut à la porte du cercle de jeux.

— Yea ! Yea ! lui cria Tony. Tu as vu ça ?

— Quoi ?

— Cette bande d'ordures ! Incroyable ! On se serait cru au Moyen Âge !

— Et Brand ?

— Je crois que je l'ai trouvé.

Il lui raconta sa séance avec le vieux monstre tandis qu'ils marchaient vers Highsmith, en direction du sud.

C'était une nuit polaire, couverte d'étoiles gelées. Le vent violent qui soufflait sur la ville avait un goût de soufre et de glace. Ils arrivèrent à Hamlyn Street et au parc de stationnement derrière l'immeuble Garrett, un carré noir et vide entouré d'une clôture de fil de fer brisée. De l'autre côté de la rue, ils virent le bar Chez Fat.

— Et maintenant ? demanda Cora.

— Je ne sais pas.

— Qu'a-t-il dit exactement ?

— Il n'a rien « dit », tu sais. C'était du charabia de créatures, dans ma tête, juste avant de clamecer. Y a qu'à attendre ; on verra bien ce qui se passe.

Il alluma un cigare, puis ils firent les cent pas. Ils reculèrent précipitamment dans l'ombre en voyant arriver une voiture de patrouille. Un autobus passa, plein de visages flous.

— Peg la ramenait drôlement, à propos d'hier

soir. Elle croit m'avoir séduite. Elle dit que tous les gens de la boîte crèvent d'envie de me grimper — selon son expression — y compris Argoli le Jeune, Eddie, Irving et tous les Arabes — mais qu'elle est la seule à m'avoir sautée — toujours selon son expression. On a remis ça ce soir, en bas, au vestiaire. J'ai soif. Les rapports sexuels me font toujours cet effet-là.

— Moi aussi. Tu veux qu'on aille chasser ?

— Non. Priorité aux affaires.

— Je commence à avoir froid. C'est signe que j'ai besoin de faire le plein.

— Bof ! C'est psychologique. Qui se gâte s'empâte, sobriété égale longévité, comme dit le proverbe.

Entendant des pas sur le trottoir, ils s'enfoncèrent dans l'ombre. Un homme en pardessus arrivait en courant, battant l'air de ses coudes. Tony le reconnut et siffla entre ses dents :

— C'est Eddie !

Cora lui serra le bras pour le faire taire. Elle chuchota :

— Il habite à deux pas. Dans la Troisième Avenue. Il fait toujours du jogging pour rentrer chez lui, après le travail.

— On va le saigner, le salaud, dit Tony en faisant un pas pour suivre le coureur.

— Ne fais pas l'idiot, dit Cora en le tirant en arrière. Il a un revolver. (Elle eut un petit gloussement.) D'ailleurs il doit avoir un fort goût d'ail.

— À propos d'ail... (Il renifla.) Tu sens ?

— C'est ton cigare.

— Non. (Il fit la grimace.) Quelqu'un doit être en train de faire mijoter de vieux suspensoirs !

Elle regarda par terre.

— Tony...

— Quoi ?

— Pendant ta séance, ou je ne sais trop quoi, avec Brand... tu dis que tu as vu des tunnels et des rats ?

— Ouais. C'était un repaire souterrain, comme une mine ou le métro.

— Regarde !

Il se tourna. Tout près d'eux, dans les pavés du parc de stationnement, il y avait une plaque d'égout. Elle s'en approcha, se mit à genoux et la souleva.

Ils furent assaillis par une puanteur séculaire.

— Il est dans les égouts ! s'écria-t-elle.

## XVIII

Comme il refusait de l'accompagner, elle descendit seule. Elle s'enfonça dans l'atmosphère fétide, sur les barreaux d'une échelle métallique fixée à la paroi.

— Fais attention ! lui cria-t-il.

— Ouais.

Elle se retrouva à l'extrémité d'un passage qui descendait en pente douce vers une obscurité plus profonde.

Elle s'y engagea ; ses yeux incandescents lui faisaient de la lumière.

Elle s'arrêta, très surprise. Son pouls avait perdu son rythme de boléro. Il battait scherzo. Elle avait les mains moites et des picotements dans la nuque. Que se passait-il ? Puis ses jambes tremblèrent et elle eut un haut-le-cœur. Diable ! Elle éclata de rire en prenant soudain conscience d'une émotion qu'elle n'avait pas ressentie depuis des lunes.

Elle était terrorisée.

Elle continua à marcher, rebutée et ravie. Elle était donc susceptible de fragilité humaine, même au bout de tant d'années ! Sublime ! Peut-être était-elle humaine, après tout — ou, mieux encore, une femme ! En tout cas, c'était plus fort que le sang ou que l'orgasme ! Fabuleux ! Ah !

Elle enjamba d'un bond un tas d'ordures, puis elle se mit à sautiller. En un instant de magie, elle redevint la petite fille qui gambadait au soleil sur un trottoir de Boston.

*Quand tu marches sur le chemin*
*Ne pose pas ta chaussure*
*Sur la moindre des fissures,*
*C'est le dos d'un p'tit lutin,*
*Ne mets pas l' pied dans l'ornière,*
*C'est l' chaudron de la sorcière !*

Arrivée à un croisement d'où partaient plusieurs galeries, elle en choisit une au hasard qui décrivait une courbe semblable à un C sans fin. Elle la suivit interminablement puis, soudain, déboucha sur un large tunnel poisseux d'où émanaient de vagues sons.

Elle regarda dans un sens, puis dans l'autre, se demandant de quel côté partir, ne voyant que les parois humides et concaves. Soudain, ses yeux illuminèrent deux gigantesques rats assis côte à côte sur un tuyau, qui la regardaient d'un air effronté.

— Conduisez-moi à votre maître, ordonna-t-elle.

À sa grande surprise, ils sautèrent de leur perchoir et se mirent à marcher avec lenteur et majesté.

Elle les suivit.

Ils s'arrêtèrent à un tournant du tunnel et se lissèrent la moustache. Elle s'avança.

Elle vit le cercueil vide placé sur un rebord dans un renfoncement. À côté, il y avait une bougie. Un peu plus loin, deux bouteilles de vin étaient posées sur une boîte. Une pile de journaux servait de support à un violon et un archet. Sur un rebord plus étroit, une rangée de livres crasseux.

Elle lut les titres : *King John*, de W. Warren, *Psychopathia Sexualis*, de Krafft-Ebing, *De Natura rerum*, de Lucrèce ; *Hitler e Mussolini : lettere e documenti, Tess of the d'Ubervilles*, de Thomas Hardy, *Gulliver's Travels*, de Swift, *The Concerto*, de Ralph Hill, *The Life and Works of Beethoven*, de Burk, *The Bloody Mohawk*, de Parkman, des œuvres de Shakespeare, Karl Marx, Freud...

Et ça puait ! Bon Dieu ! Elle renifla avec dégoût, gratta une allumette, alluma une cigarette.

Elle prit le violon et l'archet.

*

Mille tonnerres ! Ce n'était pas Anthony !

Le vieux monstre pataugea, dans les ordures détrempées, jusqu'à un terrier ténébreux juste assez grand pour le contenir. Il écouta le claquement hardi des pas sur le sol de la galerie. Non, ce n'était certainement pas lui ! Ce n'était d'ailleurs pas un homme ! Enfer et damnation ! Il envoya son antenne serpenter dans le labyrinthe et repérer les impulsions et les échos. Il fut aussitôt bombardé de bouffées de peur et de mélodieux vibratos d'allégresse. Holà ! C'était une *femme*. Enfer et damnation à la puissance trois ! Une *femme !*

Elle sautillait... gambadait... chantait... Quelle était cette fille ? Que faisait-elle ici, dans les égouts à une heure pareille ? Mille tonnerres et dix mille éclairs !

Et maintenant, voici qu'elle batifolait dans son tunnel, comme si elle était chez elle ! Les rats allaient sûrement l'attraper ! La manger toute crue ! Très bien ! La garce ! La déchiqueter, la mettre en lambeaux ! La catin ? Eh ? Quoi ? Quoi ? Comment ? Il tendit l'oreille. Qu'est-ce que c'était que ça ? Un long serpent limpide en mi mineur ondulait à travers l'égout. Elle jouait du violon, de son violon à *lui !* Crénom ! Il sortit du terrier et se leva. Son violon ! Quelle impudence ! Fi donc ! Tchaïkovski, n'est-ce pas ? Non ! Non ! Mendelssohn ! L'opus 84, l'*Allegro molto appassionato...*

Insipide... insupportable... dégoulinant de romantisme... Exécuté pour la première fois le 13 mars 1844 à la Gewandhaus de Leipzig... Le soliste était David, le chef d'orchestre Niels Gade... Holà ! Cette interprétation n'était pas si mauvaise... pas mal du tout, en fait. Il s'avança dans l'obscurité, charmé bien malgré lui. Oui, excellent ! Une maîtrise parfaite ! Vraiment chouette ! Sacré nom d'un chien. La salope était musicienne !

Il fallait qu'il voie de quoi elle avait l'air ! À nous deux ma belle !

*

Cora pivota.

Des gargouillis rebondissaient sur les murs autour d'elle, comme si un monstre crachotait quelque part dans le labyrinthe. Posant le violon et l'archet au bord du cercueil, elle s'avança dans le tunnel. Elle était prête à tout.

Elle s'arrêta au bout d'un conduit qui descendait en pente douce vers une mare d'eau vaseuse. De grosses bulles montaient à la surface où elles éclataient comme des ballons.

Il était là-dessous, elle en était sûre... là-dessous, dans le bourbier... elle sentait sa présence par tous les pores de son corps... Ouille ! Il était là !

La tête émergea de l'eau, un vaste dôme surmonté de cheveux et de détritus, une tête de bison où seuls étaient visibles deux énormes yeux jaunes et rusés.

Ciel ! Elle ne s'attendait quand même pas à ça ! C'était une bête ! Un Caliban ! Dieu du Ciel ! Un monstre !

Elle recula, s'éloignant du conduit à mesure qu'émergeaient les épaules et le torse... massifs, corpulents, boueux, impressionnants...

Sortant de l'eau, il se dirigea vers elle en émettant des sons inarticulés, tendant, pour l'attraper, un bras puissant et monstrueux. Son autre main tenait, entre ses jambes, un gros gourdin, un morceau de bois épais, noueux, tordu...

Elle regarda attentivement cette matraque. Non, impossible. Mais si, c'était sa gargantuesque bite !

Elle voulut fuir, ne put bouger. Elle n'était plus qu'un bloc de chair de poule.

Il s'approcha lourdement, son organe éléphantesque pointé vers elle comme un obélisque tendu, dégoulinant.

Elle eut un sourire un peu bête.

— Votre braguette n'est pas fermée, dit-elle.

*

Tony alluma son cinquième cigare et regarda le ciel devenir mauve. Il était près de six heures. Qu'est-ce qu'elle foutait ? Ça faisait bien trois heures qu'elle était là-dessous.

Dans Highsmith Street, la circulation devenait régulière. Sur le trottoir d'en face, une lumière s'alluma dans la vitrine de Chez Fat.

Il marcha jusqu'au coin de Hamlyn Street, mais

revint vite car il ne voulait pas s'éloigner. Il allait lui donner encore dix minutes, puis il se taillerait. Où était-elle passée ?

Deux commères arrivaient. Il caressa un instant l'idée d'écraser leurs têtes l'une contre l'autre et de les mordre toutes les deux. Non, elles étaient trop desséchées et leur chair trop fibreuse — des femmes de ménage, sans doute. Berk ! Il préférait s'en passer. Il n'était pas comme Sutton le Glouton qui était toujours prêt à se farcir n'importe quoi et qui disait : « S'ils saignent d'abondance je m'en fous plein la panse. » C'est qu'il ne plaisantait pas, le chacal puant. Il lui était arrivé d'ingurgiter un...

La plaque d'égout remua.

Tony s'en approcha en courant, se pencha et la souleva. Cora se hissa sur le trottoir. Il la mit en garde :

— Le soleil se lève !

Elle regarda sa montre :

— Nous avons tout le temps. Je ne suis pas trop crasseuse ?

Elle était un peu fripée et souillée, mais n'avait rien perdu de son allure. Personne ne se serait douté qu'elle avait passé la nuit dans un égout.

— Non, ça va. Tu as trouvé Brand ?

— Bien sûr.

— Qu'a-t-il dit ?

— Il est tout à fait d'accord.

— Tu lui as vraiment parlé ?

— Ouais. Nous avons eu une longue conversation. Nous avons bu une bouteille de Clos-Vougeot.

— Que penses-tu de lui ?

— Il est monté comme King Kong. Il m'a dit de te donner ça.

Elle lui tendit un bout de papier. Il le prit et le lut. Brand avait griffonné, de son écriture de chat :

*Salut à toi, mon garçon !*

*Pourquoi n'es-tu pas venu à notre rendez-vous, espèce de cloche ? J'espère que je ne te dégoûte pas ! À ce soir !*

*B.*

— Pourquoi dit-il à ce soir ?

— Nous le retrouvons à trois heures et demie à la maison. À bientôt ! Je vais prendre un taxi.

— Moi aussi. File-moi quelques ronds.

Elle lui donna dix dollars et ils prirent chacun un taxi pour regagner leurs cryptes respectives.

## XIX

La nuit où elle lui rendit visite dans son égout mortuaire, Brand lui raconta sa vie :

« Je suis né en 1148, à Lent-on-Trent, Nottinghamshire, sous le règne d'un des tyrans d'Angleterre les moins connus, Étienne de Blois. C'était le neveu syphilitique d'Henri Ier et le fils de la fille cadette de Guillaume le Conquérant — elle était folle. Il ne porta la couronne que pendant dix-huit ans (1135-1154) et mourut l'écume aux lèvres, vite enterré, vite oublié.

« Mon père, qui occupait les fonctions de tortionnaire dans la chambre de torture du Château de Long Eaton, était connu sous le nom d'Oswald le Brandon. En tant que fils unique, j'héritai de ce sobriquet qui lui avait été donné parce qu'il avait coutume de brûler les pieds de ses clients.

« À propos, savez-vous que les noms de famille n'existaient pratiquement pas à cette époque ? Les gens étaient le plus souvent désignés par le nom de leur métier... Meunier, Boucher, Tisserand, Charpentier, Boulanger, etc.

« Me sentant une vocation pour le métier de mon père, lorsque j'eus une quinzaine d'années je me fis engager au Château où je devins assistant tortionnaire, chargé des basses besognes telles que marquer les pickpockets au fer rouge, fouetter les braconniers, infliger le supplice du chevalet aux malheureux chasseurs accusés d'avoir tué un cerf royal.

« Étienne était mort et avait été remplacé par un Plantagenet, Henri II. Pendant le règne d'Henri II, la criminalité augmenta de façon considérable et je ne tardai pas à être nommé troisième assistant metteur de poucettes, deuxième assistant bourreau (pour les pendaisons) et enfin premier assistant trancheur de têtes à la hache. Il m'arriva d'être chargé de trancher le citron aux seigneurs qui avaient assassiné Thomas Becket — qui, d'ailleurs, était gay. Henri Plantagenet et Thomas étaient follement amoureux l'un de l'autre.

« Henri était, nonobstant, un grand roi — un peu hystérique, mais quand même... C'est grâce à lui que disparurent d'absurdes coutumes féodales telles que le combat judiciaire. Les manants eurent enfin le droit de porter un nom de famille. C'est ainsi que je devins Oswald Brand. De plus, à la mort de mon père, je fus nommé Tortionnaire en chef et me fis appeler *monsieur* Brand.

« Lorsque Henri II mourut, il fut remplacé par son fils Richard Cœur-de-Lion, brute et sodomite enragé. Quand il partit en croisade en Terre Sainte, c'est son frère, un simple d'esprit, le Prince Jean (1199-1216) une canaille, un tyran si dépravé que le Pape dut l'excommunier — qui lui succéda.

« Ce fut pendant ces règnes que j'atteignis le crépuscule de ma vie, à savoir le bel âge de cinquante ans. Je m'apprêtais à me retirer et passer les dernières années de ma misérable existence en vivotant de ma maigre pension, lorsque se produisit un événement qui changea TOUT ! »

*

« Laissez-moi vous parler de la veuve d'Henri II, mère de Cœur-de-Lion et de l'abominable Jean. Elle s'appelait Aliénor d'Aquitaine et elle était la plus belle femme d'Angleterre — de France aussi, d'ailleurs —, grande, agile, séduisante, espiègle, des yeux comme des diamants et des lèvres qui rendaient les hommes fous à lier. Elle passa plusieurs étés au château de Long Eaton. Un matin, alors que j'émergeais des cachots après avoir passé la nuit à casser des os et arracher des ongles, je la rencontrai sur les remparts.

— Tiens ! me dit-elle en français. Tu es le bourreau, n'est-ce pas ? Qu'il est beau ! (Puis elle ajouta en anglais, avec son merveilleux accent gascon :) Montre-moi avec quoi tu fouettes tes victimes.

« En disant cela, elle écarta mon tablier de cuir taché de sang et, avec un rire lascif, elle prit dans sa main mon anguille. Ouououou ! Mille tonnerres ! Quelle sensation ! Je ne pouvais y croire ! Moi, l'humble monsieur Oswald Brand en train de me faire branler par une Reine ! C'était divin ! Sacrificiel !

« Si je vous raconte cela, ce n'est pas pour vous titiller les sens, mais parce que cela devait amener ma chute immédiate. En effet, le jour même, elle me faisait arrêter en forgeant contre moi l'accusation d'obscénité. C'est vrai, je le jure, arrêté ! « Coupable d'avoir commis hautement estrange acte », disait, en français, le mandat d'amener ; « celui estant des plus malséants et à l'encontre de Nature ». Vous vous rendez compte ! Enfer et damnation ! Je fus démis de mes fonctions, privé de ma pension et condamné à une semaine d'humiliation publique !

« La scélérate ! Ha ! Comme elle dut rire, cette nuit-là, couchée et badinant avec un de ses pourceaux de fils ! (Ah oui ! Car elle avait des relations incestueuses avec toute sa vermine — Richard, Jean, Geoffroi et Henri Junior !)

« C'est ainsi que le shérif me conduisit, enchaîné, jusqu'à Nottingham où ma tête et mes mains furent passées dans les trous du pilori, sur la place du marché. Je restai là trois nuits et quatre jours de suite, exposé à la dérision des paysans.

« Je dois vous dire, car sans doute l'ignorez-vous, que Nottingham se trouve à l'extrémité sud-est de la forêt de Sherwood. Pendant de longues années, cette forêt sauvage avait été *terra incognita*, le royaume privé d'un célèbre hors-la-loi connu sous le nom de Robin Goodfellow ou, en français, Robin des Bois, ou encore Robin Hood. Il vivait au plus profond de la forêt, au milieu d'un marécage crasseux et c'est pourquoi ils s'appelaient, lui et ses hommes, une bande de voyous et de voleurs, les Pouilleux Lurons. Les spécialistes du folklore ont transformé cela en Joyeux Lurons — Dieu sait pourquoi, car ces vauriens n'avaient rien de joyeux. C'étaient d'impitoyables coupe-jarrets, des diables à forme humaine, capables des inconvenances les plus iniques et immondes.

« Inutile de dire qu'aucun voyageur n'osait s'aventurer du côté de Sherwood de peur de tomber entre leurs griffes ; aussi, régulièrement, les bandits sortaient-ils de leur retraite sylvestre pour piller les villages voisins, pour voler et violer et semer la terreur dans toute la contrée.

« J'étais donc, moi, Oswald Brand (anciennement *monsieur*) debout et coincé dans mon pilori, le quatrième jour de ma captivité, quand, soudain, à la tombée du jour, toutes les cloches sonnèrent, des cors retentirent, des chiens aboyèrent et toute la population de Nottingham s'enfuit en criant : « Ils arrivent, crédieu ! Ils arrivent ! » En l'espace de quelques secondes, la place du marché se vida de tous les citadins et je me retrouvai seul.

« Un calme s'ensuivit, aussi menaçant que la tranquillité d'un cimetière. Puis j'entendis des jappements et des braiments déchaînés.

« C'est alors que je les vis... une horde de Pouilleux Lurons, courant à petits bonds comme des cerfs, dans les prairies toutes proches, pour fondre sur la ville.

« Ils furent bientôt sur la place du marché et, quand ils me virent, ils s'arrêtèrent, stupéfaits. Leur chef, un grand gaillard vêtu de vert pomme, portant un arc et un carquois, s'avança et se planta devant moi. Il me suffit de voir son expression paillarde pour savoir qui il était.

*Robin !*

« Holà ! siffla-t-il — et sa langue de vipère jaillit hors de sa barbe. Voici mon dîner !

« Il s'approcha en se dandinant de ma tête coincée dans le trou du pilori, se pencha en avant et... et... me mordit à la gorge. »

*

« C'est ainsi que je trouvai la mort. »

# XX

« Quand je revins à moi, poursuivit Brand, je me trouvais dans la forêt, étendu sur le sol, enveloppé dans un linceul, sur une île, dans le marais, entouré de Pouilleux Lurons. Ils coupèrent les veines à une vache pour que je puisse me rassasier de son sang. Ce premier repas fut plantureux.

« C'est ainsi que je fus initié et devins membre de la bande de créatures.

« Nous subsistions entre deux razzias en nous gorgeant du sang du bétail, des cerfs ou des chevaux. Par la suite, bien sûr, j'eus l'occasion de m'empiffrer de sang humain. Je devins même une manière de gourmet. Le fait est que je dînais beaucoup plus régulièrement que mes compagnons car, étant plus intelligent que ces pauvres rustres, je ne tardai pas à mettre au point une technique de chasse qui se révéla infaillible.

« Déguisé en moine, je parcourais les chemins en bordure du bois, j'accostais les voyageurs et apaisais leurs craintes en demandant l'aumône — qui, en effet, soupçonnerait un saint homme de nourrir des intentions démoniaques ? Dès qu'ils n'étaient plus sur leurs gardes, je leur sautais dessus et... *croque !*

« En un rien de temps, je devins aussi légendaire

que l'était Robin, célèbre dans toute la région sous le nom de « Frère Finaud » — ceci en raison du raffinement avec lequel je nouais une serviette de table autour de mon cou avant de mordre ma victime, pour protéger mes vêtements des éclaboussures de sang.

« Oh, ma chère Cora ! Qu'il était bon, alors, d'être une créature ! Ce fut notre âge d'or, et la forêt de Sherwood fut un vrai paradis pour les Non-morts.

« Nous dormions toute la journée, pour gambader, heureux, la nuit, dans les vallons et les clairières et, tels des esprits follets, nous faisions la noce à cœur joie. Il y avait des pique-niques sur l'herbe et des assauts de lutte, des concours de tir à l'arc et des beuveries, des danses autour d'un mât enrubanné et des bains de minuit dans les étangs éclairés par la lune...

« Oui, tout compte fait, le terme Joyeux Lurons n'était pas si loin de la vérité. Les temps étaient joyeux et nous l'étions aussi.

« Combien de temps dura cet intermède pastoral ? Eh bien, pendant le règne des Plantagenet, puis celui des Lancaster miteux, celui des York maniaco-dépressifs, celui des Tudor décadents et des Stuart écervelés.

« Mais les choses commencèrent à se gâter quand Elizabeth l'étourdie (1558-1603) se tortilla de refoulement sur son trône. Cette salope trois fois maudite et malade de vaginite lança contre nous plusieurs expéditions punitives dont l'une fut placée sous le commandement du Comte de Leicester (gâteux) et une autre fut menée par le blennorragique Sir Walter Raleigh. C'est pendant cette dernière campagne que Robin des Bois mourut d'une flèche en plein cœur.

« En 1559, cet ivrogne de Comte d'Essex attaqua la forêt de Sherwood avec trois mille hallebardiers, et nous perdîmes plus des deux tiers de notre bande.

« C'est ainsi que, lors du couronnement de cette pédale de Jacques Ier (1603-1625), nous étions dans une situation franchement désespérée.

« Mais c'est alors que de merveilleuses rumeurs parvinrent jusqu'à nous. Il s'agissait d'une terre récemment colonisée de l'autre côté de l'océan et qui s'appelait Plymouth Rock. On la disait cent fois plus grande que l'Angleterre, couverte de forêts vierges où les arbres étaient plus hauts que les nuages et le plus petit ruisseau six fois plus large que la Trent. Elle appartenait à l'Angleterre et était peuplée de colons anglais qui vivaient sous l'autorité britannique, mais il n'y avait ni armée, ni lois, ni shérifs, ni seigneurs, ni archevêques, ni moines pour les persécuter. Cette terre était si vaste que toutes les incursions des autorités se perdaient dans des étendues infinies.

« C'était, en somme, une nouvelle Sherwood, quadruplée.

« Nous décidâmes d'y aller.

« Sous la conduite d'Al Dale et de moi-même, quatre-vingt-dix créatures — soixante hommes et trente femmes — se glissèrent hors de la forêt dans la nuit de Noël 1623 et prirent le chemin du Cheshire. Nous étions déguisés en bohémiens, nous cachant le jour dans nos roulottes et voyageant de nuit, prenant grand soin de rationner nos morsures afin de ne pas donner l'éveil dans les bourgades que nous traversions.

« Nous ne connûmes qu'une mésaventure. Près de Congleton, nous fûmes arrêtés par une troupe d'Archers du Roi qui nous donnèrent l'ordre de décliner notre identité. Après les avoir bus, nous les massacrâmes et enterrâmes leurs résidus dans un pré. Rassasiés, nous poursuivîmes notre chemin.

« Nous atteignîmes sans encombre la baie de Liverpool où nous volâmes les trois plus grands bateaux de pêche que nous pûmes trouver. Nous les chargeâmes d'un troupeau de vaches pour nous alimenter et nous prîmes la mer dans la nuit du 20 janvier 1624.

« Enfer et damnation ! Quel voyage !

« Une semaine après avoir dépassé l'Irlande, le bateau d'Al Dale disparut — comme ça ! Une nuit, il était là, la nuit d'après il n'y était plus, ne laissant derrière lui que la carcasse d'une vache morte, flottant dans notre sillage.

« Puis une douzaine de créatures à bord des deux bateaux restants furent prises de démence, se jetèrent à l'eau et furent dévorées par des serpents de mer. C'était l'immensité de l'océan qui les avait rendues folles — le vide sans fin de l'eau et du ciel. Aucun d'entre nous n'avait jamais vu une étendue aussi illimitée. C'était si pénible et si effrayant que certains restèrent dans leur suaire et dans leur cercueil pendant des quinzaines de jours, incapables de ressusciter. D'autres se changèrent en chauves-souris et partirent pour l'Angleterre à tire-d'aile. Dieu sait ce qu'ils sont devenus ! Sans doute furent-ils tout simplement effacés par le vent.

« Heureusement que nous étions quelques-uns assez capables et adaptables pour manœuvrer le gouvernail et les voiles et ne pas perdre la route, autrement nous aurions chaviré — ce qui, justement, arriva au deuxième bateau. Il coula comme une pierre et fut perdu corps et biens.

« Puis les vaches moururent. Catastrophe ! Nous n'avions pour tout l'avenir qu'une lente agonie, l'anémie, la soif et la mort !

« Cela nous fut cependant épargné quand, un jour du mois de mars, nous fûmes pris dans une tempête qui fracassa notre bateau. Deux yoles furent aussitôt mises à l'eau ; la première sombra immédiatement, emportant huit créatures hurlant de peur. Je pris le commandement de l'autre embarcation et des sept autres survivants. « Hardi les gars, faites force de rames ! » leur hurlais-je. « Souquez ferme, les gars ! » Mais ils ne pouvaient pas. Nous n'avions pas de rames. La houle nous souleva — plus haut, toujours plus haut — puis nous précipita, la tête la première, dans un gouffre tourbillonnant. La dernière chose dont je me souvins fut le craquement de la yole qui éclatait, nous projetant, mes compagnons et moi, dans l'océan. »

# XXI

« J'ignore ce qui se passa ensuite. Je dus nager ou flotter, ou barboter pendant une bonne partie de la nuit, emporté par la tempête. Puis les eaux se calmèrent ; la lune se leva.

« Et je me retrouvai dans l'eau jusqu'à la taille, à deux pas d'une plage.

« J'appris plus tard que j'étais dans la baie du Massachusetts, dans une crique face à la ville actuelle de Swampscott. Si ce n'est pas avoir le don de la navigation... J'avais traversé tout l'océan, de Liverpool au Nouveau Monde sans carte marine et sans compas, me dirigeant simplement, d'après les étoiles, et voilà que j'étais arrivé à quelques brasses de Plymouth Rock, notre destination originale. N'était-ce pas un exploit digne de Magellan ? Hein ?

« Mais, hélas, j'avais fini seul le voyage. Les autres n'avaient pas survécu.

« C'est alors que je vis, dans les bois qui encerclaient la plage, un spectacle qui manqua me faire défaillir de joie. Une troupe de cerfs en train de paître !

« Je m'en approchai prudemment, me saisis d'une bête — une biche gracieuse — lui caressai amoureusement les oreilles, la mordis gentiment et m'abreuvai copieusement.

« À l'aube, je me terrai dans un pin mort et, le lendemain soir, j'entrepris de visiter mon royaume.

« Vous ne me croirez peut-être pas, mais je me rendis compte, dès l'instant où je posai le pied sur cette plage, que j'étais arrivé dans le monde libre. Je le sentais ! Je vous jure ! J'en avais le goût sur la langue et l'odeur dans les narines ! *Liberté !* me criaient la cime des arbres et les dunes et les ruisseaux, les collines et les fourrés et la terre odorante. *Liberté ! Viens ici, Oswald Brand ! Tu es libre !*

« Je vous le jure !

« Alors, merveille des merveilles ! Ma belle biche réapparut et me suivit comme une tendre amante. Je bus à nouveau de son sang et, comme j'étais rempli d'allégresse, je montai sur sa croupe sublime et la tringlai puissamment en guise de salut à cette terre magnifique !

« Pendant plusieurs mois, nous parcourûmes ensemble cette contrée sauvage, comme deux jeunes mariés font du tourisme pendant leur lune de miel.

« Elle finit par me plaquer pour un mâle de sa propre espèce, mais j'avais alors découvert ma première tribu de Peaux-Rouges. C'était une branche de la famille du roi Massasoït qui devait donner son nom à l'État du Massachusetts. Ils m'accueillirent nonchalamment et je vécus parmi eux pendant de longues années sous le nom tribal de *Shawsheen-Nasha-Contoocook*, qui veut dire « Lui-qui-de-jour-n'est-pas », ou quelque chose comme ça. Non, je n'eus aucun mal à leur expliquer ma... euh... condition. Ça leur était égal. À leurs yeux, je n'étais pas plus étrange que l'ours hibernant ou la chouette nocturne. Je n'étais qu'un autre exemple de la façon dont la Nature fait les choses.

« Et comme si ce n'était pas encore assez de bienfaits, le destin m'en offrit un autre : un violon ! »

*

« À partir de 1670, la région fourmilla de colons. Mes frères indiens se déplacèrent vers l'ouest. Soucieux de ne pas me couper trop définitivement de la civilisation, je demeurai dans la zone côtière.

« Jusqu'alors, je n'avais pas eu le moindre contact avec les Blancs que j'avais soigneusement évités. Maintenant, je les recherchais. Je m'installai dans une cabane dans les bois proches de Salem et, toujours sous le nom de *Shawsheen-Nasha-Contoocook*, je prétendis être un "homme-médecine". J'eus bientôt une affaire florissante en vendant des simples aux servantes et aux laboureurs — des potions magiques, des remèdes pour la chiasse, des pilules abortives et tout ça. Au lieu de demander le paiement en argent, je préférais le troc — vieilles bottes ou vêtements usagés, un tromblon et de la poudre, des fromages et des biscuits, des choses de ce genre, mais particulièrement de l'alcool illégal et des livres.

« Ah, ces Pèlerins ! Quels tristes sires ! Ils avaient, disaient-ils, fui l'Europe pour s'assurer la liberté du culte, mais, une fois arrivés, ils s'empressaient d'établir un totalitarisme religieux bien plus extrême que l'autocratie de Néron, de Richard III ou de Marie la Sanglante. *Tout* était interdit, et passible de flagellation — avoir des relations sexuelles, s'embrasser, chanter, danser, rire, boire ou lire. Pourtant, la plupart des filles que je soignais étaient grosses et toutes avaient du vin ou de la fine ainsi que des livres illégaux cachés dans leur grange. Ainsi, j'avais toujours un livre à parcourir et une bouteille pour me désaltérer.

« Comment ? Bien sûr que je savais lire ! Enfer et damnation ! Croyez-vous que j'étais illettré ? Pendant mon séjour dans la forêt de Sherwood j'avais étudié la littérature, le latin, l'arithmétique, l'astronomie, la métaphysique, l'héraldique, la botanique et bien d'autres sciences encore ! Je ne vous l'avais pas dit ? Le fait est que toute mon existence était une quête incessante de savoir ! Et l'est toujours d'ailleurs... même si cela ne se voit pas à mon aspect extérieur.

« Je vous prie de ne pas m'interrompre !

« Une nuit, comme j'étais allongé dans le jardinet de ma cabane, avec une chope et le *Satiricon* de Pétrone, j'entendis le plus délicieux des sons... de la MUSIQUE !

« C'était un archet qui grattait les cordes d'un violon et jouait un air rauque et joyeux absolument... étourdissant ! Enchanteur ! Foudroyant !

« J'écoutai, ensorcelé.

« Puis, pendant un moment de silence, j'entendis

une voix aboyer : “Comment pouvez-vous lire dans le noir ?” Je sursautai. Devant moi se dressait une silhouette voisine de la cigogne, celle d’un bonhomme tout de bleu nuit vêtu, qui tenait un violon sous son bras. Mille tonnerres ! C’était le pasteur ! Oui, c’était bien le Révérend George Burroughs, l’époux psychopathe de votre amie Harriet.

« Oup ! Moi pas lire », répondis-je, imitant l’anglais idiot des Indiens. « Moi réfléchir au clair de lune. »

« Il devint aussitôt méfiant, comme tous les ecclésiastiques lorsqu’ils sont confrontés à des gens de notre espèce. J’étais dans le pétrin. Il fallait que j’attaque, vite, avant qu’il ait le temps d’appeler la garde. « Oup ! Vous jouez mauvaise musique sur petite boîte, avec bâton », baragouinai-je. « Vous serez jeté dans mare, oup, si Anciens apprennent ça. »

« C’était on ne peut plus exact. Il était interdit de jouer du violon et c’était bien pourquoi il était venu en pleine nuit dans les bois pour que personne ne puisse l’entendre s’exercer. Aussi, ayant eu le temps de réfléchir, il devint plus aimable. Nous nous mîmes à bavarder. Je lui offris une goulée de fine qu’il accepta sans trop d’hypocrisie. Il me joua encore quelques gigues au violon. Ah, qu’il jouait bien ! Je n’ai jamais rien entendu de pareil ! Croyez-moi, si ce pauvre bougre était né en Allemagne ou en Italie, ç’aurait été un autre Bach ! Je le jure ! Il avait le génie de la musique !

« Quand je lui demandai de m'apprendre à jouer de cet instrument divin, il en fut enchanté. Mes leçons commencèrent sur-le-champ.

« Il revint la nuit suivante et la suivante... en fait, toutes les nuits de l'été. C'était un professeur habile et j'étais un élève zélé, aussi j'en arrivai à gratter des airs joyeux avec presque autant d'aisance que lui. Bientôt, il m'apporta des partitions interdites de chansonnettes françaises et italiennes et de ballades de Henri VIII. Il m'apprit à les déchiffrer... ce fut le début d'une passion qui dura des siècles et jusqu'à ce jour — je veux dire, cette nuit.

« Puis un soir, au crépuscule, le bêta arriva trop tôt. Il entra dans la cabane et me trouva dans mon cercueil, raide mort !

« Quand je revins à la vie, il se tenait là, devant moi, comme un archange en adoration. « Alors, c'est vrai ! » balbutia-t-il, « vous y voyez la nuit ! »

« Naturellement », répondis-je d'une voix normale, me débarrassant de mon camouflage indien. « Ou plutôt, surnaturellement. »

« Bref, au lieu de m'enfoncer un pieu dans le cœur, il m'emmena chez lui, me présenta à Harriet et me cacha dans sa cave.

« Pendant les années suivantes, je fus leur invité d'honneur, installé chez eux comme un coq en pâte.

« Pour George, je n'avais rien de repoussant. Non. Au contraire. Il était fasciné par mon anormalité, séduit au point d'en devenir idiot. Il voulait même que je le morde rien que pour voir l'effet que cela faisait ! Oui, oui ! Vous pouvez me croire, le pauvre bougre était complètement marteau !

« Ainsi, en échange des leçons de musique, je dus faire semblant de lui enseigner les secrets de la magie noire et de la sorcellerie. D'autre part, je me tapais cette chère Harriet, ce qui était fort agréable. Comment ? Elle ne vous a jamais parlé de moi ? Cela ne m'étonne pas. La sournoise ! Elle faisait tout pour cacher le fait qu'elle avait toujours le feu quelque part ! Elle fut mon esclave amoureuse pendant toutes les années 1680 !

« Hélas, les Pèlerins zélateurs finirent par coincer George. Vous le savez, il fut pendu. Je m'échappai. Avant de partir, je fus obligé de mordre Harriet parce qu'elle voulait s'enfuir avec moi et que c'était la seule façon de l'empêcher de me faire une scène. À sa place, j'emportai le violon.

« Je m'enfuis vers l'Ouest, dans la région du Lac Ontario, et m'installai avec les Iroquois. Puis, dans les années 1770, je fis la connaissance d'Anthony et... mais vous connaissez sans doute la suite de l'histoire. Saviez-vous que c'est moi qui lui ai appris à jouer du clavecin ? Oui, à l'époque où nous nous cachions, pendant la guerre — je veux dire, la Guerre d'Indépendance.

« Ici ? Oh, je suis arrivé au hasard de mes pérégrinations dans cette région, voici six ou sept ans. Un soir, un flic m'a piqué en train de forcer la porte d'un magasin de spiritueux et m'a pourchassé jusqu'au parc de stationnement qui est là-haut. J'ai trouvé la plaque d'égout tout à fait par hasard et je suis descendu dans les égouts pour échapper au flic. Et depuis, je suis là, ne refaisant surface qu'en cas d'absolue nécessité. »

*

« Mais je ne fais que parler de moi ! Je suis un vrai bonnet de nuit ! Encore un peu de vin ? Puis-je vous demander une autre cigarette ?

« Et maintenant, dites-moi. À quel sujet vouliez-vous tant me voir ? »

## XXII

Il n'était pas deux heures et demie que Tony avait découvert deux nouvelles possibilités de cryptes. L'une était un cinéma de Frederick Street, fermé par des planches depuis 1978. Dans le hall, une affiche annonçait le dernier film projeté : *La fièvre du samedi soir*, avec John Travolta. L'autre, dans Dunlap Avenue, était un ancien magasin de chaussures. L'un ou l'autre conviendrait parfaitement comme cachette en cas d'urgence.

S'étant acquitté de cette corvée, il passa une demi-heure à chasser dans Roosevelt Boulevard. Impossible de trouver une proie facile. Les gens ne marchaient plus que par groupes ou en foule dans les rues, la nuit. Dans Fagan Street, un terrain vague avait été transformé en terrain de camping par les membres d'une milice. Cent hommes armés y étaient rassemblés autour du feu et chantaient des cantiques.

Il vit une fille seule, debout dans un coin, mais il ne s'en approcha pas car elle avait trop l'air d'être plantée là pour attirer et coincer les créatures.

À Baltimore, à la Belle Époque, la rousse avait joué toutes sortes de tours maladroits pour coincer les créatures — des agents de police vêtus de robes, des tireurs d'élite se cachant sur les toits et dans les arbres, des aveugles bidon, des nains déguisés en enfants. Sutton le Glouton et Tony avaient été obligés d'aller jusqu'à Washington D.C. pour boire un pot. Ç'avait été franchement éprouvant de rouler en fiacre sur la route à péage en direction du sud, puis de revenir au galop pour être à la maison avant l'aube. Dick le Dingue avait essayé de s'introduire de force dans la Maison Blanche pendant la nuit pour mordre Grover Cleveland ! La vache ! Qu'est-ce que ça ferait comme foin si on essayait de faire un coup pareil à l'heure actuelle !

— Qu'est-ce qui vous fait rire, salope ? fit une voix amplifiée, goguenarde.

Il pivota. Une voiture de patrouille était arrêtée au bord du trottoir et le même flic mongoloïde — celui auquel il avait parlé, l'autre soir — était vautré derrière le volant et le regardait d'un air mauvais.

— Hah ! répondit Tony en gloussant, j'étais en train de penser que si ma vieille me demande pourquoi je rentre si tard, je lui dirai, hé, y a des chauves-souris qui m'ont pourchassé jusque dans un bar où j'ai dû rester jusqu'à la fermeture. Hah !

— Je vous ai pas déjà vu quelque part, tête de nœud ?

— Sûr que vous m'avez vu ! (Tony s'appuya contre la voiture de patrouille.) Sur la sixième chaîne, hein ? C'est moi qui ai gagné le frigo au jeu des questions de Moe Sweeney.

— Z'appuyez pas sur la voiture.

— Pardon. La semaine dernière, c'était, ouais. C'est moi qui ai gagné. Premier prix.

— C'est bon. Circulez.

— Vous m'avez reconnu, hein ? Vous voulez acheter un frigo, m'sieur l'agent ? Parce qu'on en a deux, maintenant.

— Barrez-vous.

— Oui, m'sieur.

Il s'éloigna rapidement. Il avait l'estomac noué.

*

À trois heures, il escalada la clôture de la maison vide de Woodlawn Street. En traversant la pelouse, il marcha sur les dents d'un râteau abandonné dans l'herbe haute. Le manche remonta brutalement et lui cogna le front. Il vit trente-six chandelles et hurla de douleur. L'espace d'un instant, se croyant agressé, il se lança sur le côté en donnant des coups de pied et de manchette dans l'air. Puis sa vue se dégagea.

Et il vit le loup.

Il était accroupi au bord du terrain de tennis et il le regardait en ricanant.

Tony se figea.

La bête s'approcha de lui silencieusement, ses énormes mâchoires dégoulinant de bave mousseuse, et la lumière des étoiles formait un halo fumant au-dessus de ses oreilles.

La moelle épinière de Tony se changea en colonne de glace.

Le loup jaillit devant lui comme un geyser et posa les pattes sur ses épaules ; l'horrible museau toucha son visage, exhalant une odeur fétide. Puis il se désagrégea en une brume scintillante et il apparut !

— Brand !

— Si les Iroquois t'attrapent, dit Brand en riant, dis-leur que tu es anglais !

— Vieux salaud !

— Comment vas-tu, Anthony ?

— Et toi, vieille fripouille moyenâgeuse ?

Ils tombèrent dans les bras l'un de l'autre en sanglotant.

Cora s'approcha tranquillement.

— Il va nous apprendre à faire ça, dit-elle. À nous changer en loup et tout ça.

Brand recula en s'essuyant les yeux avec la manche de son pardessus crasseux.

— C'est l'enfance de l'art, dit-il. Rien qu'une petite métamorphose.

Cora regarda Tony, stupéfaite.

— Tu pleures vraiment ?

— Ben quoi, merde ! (Il sortit son mouchoir.) Je suis ému, quoi !

Il se moucha.

— Moi aussi, dit Brand en rotant. Le continuum espace-temps a décrit un vaste *O* bicentenaire, Cora, nous ramenant tous deux au tout début de notre effrayante rencontre ! Hein, Tony ? Te souviens-tu ? Le loup ?

— Ah ça oui, merde !

— La frontière ! La neige ! La razzia ! Les Mohawks !

— Ouais !

— Les cabanes incendiées ! Les corps qui rôtissaient !

— Ouais, ouais !

Ils retombèrent dans les bras l'un de l'autre.

— Ai-je beaucoup changé, petit ?

— Bien sûr ! Tu es devenu moderne ! (Tony regarda la barbe et le manteau, le pantalon taché, les chaussures usées.) Tu as l'air d'un Muppet !

— Que veux-tu, je vis dans les égouts ! Ce n'est guère l'endroit propice pour engager un valet de chambre et se constituer une garde-robe de seigneur !

— Nous allons nous occuper de vous, lui dit Cora. Vous avez simplement besoin d'une coupe de cheveux et de...

Au-delà du jardin, le vrai loup hurla comme une âme en peine.

— Écoutez ! (La tête ébouriffée de Brand se hérissa.) *Canis Lupus* lui-même nous salue en poussant des hourras ! (Mettant ses mains en porte-voix, il hurla à son tour. Le loup répondit par une plainte désolée. Brand l'appela en gémissant à pleins poumons. Les hurlements et les criaillements se mêlèrent, emplissant la nuit de braillements assonancés et réveillant tout le zoo.) Il veut venir folâtrer avec nous, s'écria-t-il en riant. D'après notre odeur, il pense que nous sommes des lycanthropes !

— D'après *ton* odeur, protesta Tony. Tu pues autant que toute une bande de lycanthropes !

— Mon Dieu, Brand ! dit Cora qui n'en revenait pas. Vous pouvez vraiment communiquer avec lui ?

— Mais oui. Je connais leur langage.

— Oh la la, dit-elle en levant les bras au ciel. Nous avons tant de choses à apprendre !

## XXIII

— Cette maison est un vrai bijou, dit Brand. Elle me rappelle ce truc rococo que nous avions loué à Capri, Anthony, tu te rappelles ? Avec ces cloîtres sinistres et des gargouilles et des fresques érotiques. Dans les années 1790. Donnez-moi du feu, Cora. Ce n'était pas plutôt à La Rochelle ? Ou Leghorn ?

Ils avaient fait du feu dans le salon. Brand était assis au bord de l'âtre, tout près des flammes ; il était enveloppé dans un drap pour cacher sa nudité et il mâchonnait un cigare. Il avait pris un bain froid au premier étage, dans un tub. Tony l'avait rasé et s'employait maintenant à donner de grands coups de rasoir dans sa chevelure en broussaille.

Cora vidait un sac à provisions plein de chaussettes et de sous-vêtements, une chemise de laine, un pull-over, un pantalon en velours côtelé, une paire de mocassins et un anorak. La veille, Brand lui avait indiqué ses tailles et elle avait tout acheté, un peu plus tôt dans la soirée, dans une boutique de soldes de Broadway Street. Elle en avait eu pour vingt-cinq dollars.

Elle prit une brindille enflammée dans la cheminée et alluma le cigare de Brand.

— Des fresques ? (Tony réfléchit un moment.) Ah, oui. C'était à La Rochelle.

— Mais oui, bien sûr, La Rochelle ! Nous y avons passé une année à étudier les partitions de Scarlatti et de Gluck. Et j'ai acheté un violon neuf...

— Non, ça, c'était à Marseille.

— Certainement pas ! C'était à La Rochelle, je m'en souviens très bien. Tu as laissé mon violon dans le jardin pendant toute la journée, le soleil l'a voilé et il m'a fallu en acheter un autre...

— Je l'ai laissé dans le jardin, *moi ?*

— Naturellement ! Tu passais ton temps à faire des choses idiotes, exaspérantes, comme...

— Tu as fait tomber ton putain de violon dans la mare à poissons, parce que tu étais bourré !

— ... renverser du vin sur la nappe, tout casser, oublier de fermer les portes et mordre tous les gens que tu voyais...

— Et nous en avons acheté un autre à Marseille. (Tony trancha une autre poignée de cheveux.) Et c'est d'ailleurs là que nous avons acheté mon piano-forte. D'ailleurs, comme d'habitude, tu as fait tout un foin à cause du prix...

— C'est un mensonge ! Un cruel mensonge !

— Bouge pas, sinon je t'ampute des oreilles !

— Je t'ai offert ce piano-forte pour ton anniversaire, espèce d'ingrat, et je l'ai payé de ma propre poche ! Et ce n'était pas à Marseille, c'était en Allemagne, à Hambourg en 1801 ! Je m'en rappelle encore parce que c'est l'année où Napoléon Bonaparte est devenu Premier Consul à vie en France, et Thomas Jefferson a été élu président des États-Unis, tandis que Beethoven faisait éditer sa sonate pour piano N° 12 en la bémol majeur, Opus 26.

— Et Mozart ? demanda Cora.

— Quoi, Mozart ?

— Vous avez fait sa connaissance ?

— Non, malheureusement...

— Mais si, grogna Tony. Ne lui demande rien, il a mauvaise mémoire.

— De toute façon, dit Brand en indiquant le salon avec son cigare, ce sera ma salle de musique.

— Quoi ? fit Tony en bondissant.

— Vous, mes deux chéris, n'avez qu'à vous partager le reste de la maison. La priorité d'âge me donne le droit de choisir. Je m'installerai donc ici.

— Parce que... (Tony était pétrifié de surprise.) Tu as l'intention de t'installer ici, Oswald ?

— Bien sûr ! dit Cora en fourrant les vêtements souillés par les égouts dans un sac en plastique. Nous nous sommes mis d'accord pour que tout soit partagé en trois.

— Y compris la maison ?

— Bien sûr.

— Mais tu avais dit... (Il essayait de contenir sa rage.) Tu avais dit que le salon serait une pièce commune, Cora.

— Pièce commune ! Pièce commune ! (Elle haussa les épaules.) Les communautés sont fondées sur les concessions.

Elle regarda les deux hommes en songeant que ce serait à elle de faire la plupart des concessions. Oh ! Bof !... Elle saurait les apprivoiser, avec le temps... et le temps était une denrée éminemment disponible.

Lavé et rasé de près, les cheveux coupés et coiffés, vêtu d'un pantalon, d'une chemise et d'un pull propres, Brand était encore horripilant. Il se planta devant eux en prenant une pose et en minaudant.

— Alors ?

— Très chic, fit Tony d'un ton peu convaincu. Euh... en tout cas, beaucoup mieux.

— Très chouette. (Cora était encore moins enthousiaste. Ciel ! Qu'il était repoussant ! Il avait l'air d'un kangourou venimeux !) Du moins présentable. (Elle sortit un atomiseur du sac et le couvrit de parfum vaporisé.)

— Holà ! (Il s'écarta en mimant la terreur.) Ce n'est pas de l'ail, j'espère !

— Non, de l'eau de Cologne. Alors... les chauves-souris ?

— Pardon ?

— La métamorphose. Comment s'y prend-on ?

— Ah oui. Eh bien, allons dehors et je vous montrerai. Déshabillez-vous.

*

Cora et Tony, tous deux nus, se tenaient côte à côte sur le court de tennis.

— Enfer et damnation ! tonna Brand en marchant autour d'eux et en admirant le derrière de Cora brillant au clair de lune. J'espère ne pas avoir oublié l'incantation ! Je sais que ça rime mais c'est compliqué... *vers les cieux... ténébreux... sauve-qui-peut...* Non, c'est plutôt *volant... hautement... nuitamment...* Que votre cul est impudique, ma chère Cora ! (Il lui caressa les hanches.) Il me trouble. Vous permettez que je vous sodomise ? Cela prendra deux secondes et ça me calmera.

— Non, merci, Brand. (Elle se dégagea de ses

mains poisseuses.) Je n'en ai pas envie. D'ailleurs, votre truc monstrueux ne pourrait pas entrer.

— Ne faites pas la difficile !

— Ça suffit ! protesta Tony. Arrête tes plaisanteries. J'ai l'impression d'être ridicule !

— Tu l'auras encore plus dans une minute. Attends d'être accroché à une branche d'arbre, la tête en bas ! dit Brand en lui mettant la main aux fesses.

Tony bondit en criant :

— Arrête !

— On continue la leçon, Brand ? demanda Cora.

— Bon, d'accord, dit-il en soupirant. Mais je n'irai pas avec vous. Je ne pourrai jamais m'élever dans les airs avec cette érection pesante. Ouvrez les bras et mettez-vous sur la pointe des pieds. (Cora et Tony obéirent.) Maintenant, concentrez-vous... laissez-vous aller... coulez... cédez devant la nuit... pensez aviateur, hauteur... Vous êtes un cerf-volant qui tourbillonne et monte au firmament. Pensez, avion, ascension, élévation... Pensez montagnes, cimes, clochers et verticalité... ouais, ouais... bec d'aigle et nid de corbeau, Spitfire et perpendiculaire... volez, volez... Sentez le vent dans vos cheveux. Pensez aux cieux, aux cieux... à Neptune... aux étoiles... à la lune et à Mars... plus haut, encore plus haut... dans le ciel... le ciel... *volez... volez...* volez...

Dans le jardin zoologique, le loup hurla quand Tony et Cora disparurent ; deux grosses chauves-souris s'envolèrent dans la nuit.

## XXIV

Son cerveau était si minuscule qu'il ne pouvait plus contenir les pensées qui jaillissaient hors de sa vilaine petite tête de rongeur et filaient comme des étoiles, se multipliant en galaxies et s'étendant de plus en plus loin dans les ténèbres jusqu'à ce que l'immense dôme de la nuit même devienne son esprit. Exaltant ! Elle était un génie dont le cerveau titanesque était plein à ras bord d'intelligence ! Rien d'étonnant à ce qu'elle pût voler ! Elle pouvait tout faire !

Sauf voir.

Elle était myope comme une taupe !

Ses yeux étaient des tableaux noirs recouverts de points, de zéros, de traits d'union, de caractères cunéiformes qui ne voulaient rigoureusement rien dire.

Ah, mais si ! Elle étudia attentivement ces signes et son intellect prodigieux put rapidement les lire comme une carte. C'étaient des avertissements ! Murs... branches... le toit... une cheminée... un fil de fer... une coupole... un poteau... Il lui suffisait de piquer entre eux, sous eux, au-dessus d'eux et autour d'eux, et de naviguer dans les vides.

Dès qu'elle eut compris comme c'était simple, le reste lui fut facile.

En inclinant l'aile droite, elle tournait à tribord, l'aile gauche, à bâbord.

Pour prendre de l'altitude, elle projetait en arrière son corps velu de souris et appuyait son ventre contre le vent. Pour descendre, elle n'avait qu'à se pencher à pic vers l'avant.

Elle s'éleva au-dessus de la maison, puis se laissa couler vers la piscine ; elle contourna la pelouse en rasant la cime des arbres.

Elle entendit Brand crier :

— Pas si haut !

Poussant des couics de joie, elle plana de l'allée à la rue.

*Un jour, j'ai suivi le vent jusqu'à Terre-Neuve.* Elle comprenait maintenant comment Harriet avait fait ça !

— Ça suffit, les enfants ! cria Brand. Descendez, maintenant !

Où était passé Tony ? Ah, là ! Il la doubla à toute allure, inscrivant un zig-zag sur le tableau noir de Cora. Elle vira sur l'aile, le poursuivit, le rattrapa et lui flanqua une petite tape aimable, de son aile. Il couina de colère.

— Autorisés à atterrir ! leur lança Brand. Plongez, plouf ! tombez, toc ! Ouvrez vos ailes, pensez aux choses terre à terre... pensez aux punaises et aux fraises, pensez aux buissons, aux moutons, aux coccinelles et aux tonnelles, au pou, au chou et aux genoux... et maintenant, arrêtez-vous et atterrissez, transformez-vous !

Cora et Tony reprirent forme en rebondissant

sur la pelouse comme deux acrobates. Ils hurlaient de rire.

Dans le zoo, le loup leur répondit.

— Bravo ! beugla Brand. Mais il ne faut pas vous retransformer en l'air comme ça, autrement vous vous romprez le cou !

Ils embrassaient le sol, ivres de joie et de vertige.

— Sensationnel ! s'écria Tony. Acide ailé ! Voyage acidulé !

— Incroyable ! (Cora se releva d'un bond.) Allez, on recommence !

— Holà ! (Brand l'arrêta.) Vous allez épuiser votre vitalité. Alors, ça vous a plu ?

— Spectaculaire ! souffla-t-elle.

— Vous n'avez encore rien vu.

— Quand je pense qu'on ne connaissait pas ça ! dit Tony en se mettant debout. Tout le fric qu'on a claqué en taxis alors qu'on aurait pu voler à l'œil !

— L'ennui, c'est les vêtements, leur dit Brand. On ne peut pas voler tout habillé ni se poser n'importe où le cul nu. J'ai connu une créature, à Chicago, qui...

Cora l'interrompit :

— Quelle heure est-il ? Habille-toi, Tony. On a encore plein de choses à faire, cette nuit.

*

Brand s'élevait contre le côté ouest de la Tour, battant péniblement des ailes pour lutter contre la turbulence. 46e... 47e... 48e... 49e... Une poussée finale l'amena au 50e étage, voletant à l'abri de l'appartement sous les toits. Il s'agrippa à l'avancée du toit et y resta accroché en attendant que son tout petit cœur de chauve-souris cesse de tintinnabuler comme une clochette.

Enfer et damnation ! Quelle grimpette ! Ce serait épuisant pour Anthony et Cora, mais s'il pouvait le faire, ils le pourraient aussi, avec un peu d'entraînement. Ils étaient plus jeunes et moins usés que lui, ils feraient des chauves-souris vigoureuses aux ailes robustes (les siennes étaient pas mal effilochées). Mais la descente ! Ouh la la ! Tout le problème était là ! Bon sang de bonsoir ! Comment diable allaient-ils pouvoir redescendre en portant tout le fric ? Enfin, mieux valait commencer par le commencement...

La métamorphose, aussi douloureuse qu'une crampe, le ramena rapidement à sa forme Brand. Il lâcha l'avancée et tomba, nu, sur le toit.

Il se trouvait dans un bosquet de plantes en pots — des douzaines de plantes feuillues qui le cachaient parfaitement. Il regarda autour de lui ; vers l'avant, au-delà de l'écran de verdure, s'étendait la terrasse venteuse, aussi plate et rectangulaire qu'un terrain de football. Derrière lui se trouvait l'appartement avec deux grandes fenêtres fermées par des volets en fer.

Tenant son énorme membre d'une main protectrice, il longea le mur sur la pointe des pieds, passa devant une épaisse porte en chêne, aussi lourde qu'un portail de cathédrale. Il la toucha, éprouva sa solidité du bout des doigts. Mille tonnerres ! C'était un vrai blockhaus ! Il passa devant trois autres fenêtres fermées par des volets et une porte en fer forgé, cadenassée, qui ouvrait sur une courette. Un peu plus loin, un autre bosquet de plantes, de buissons, d'arbustes et de fleurs en pots, puis une clairière entourée d'une clôture rustique et pleine de meubles de jardin : tables, chaises, balancelle et un banc. Sur une des tables étaient empilés plusieurs livres d'art somptueux. Il s'en approcha. Ses yeux de renard luisaient de colère. Comment osait-on laisser des livres dehors par ce temps ! Vandalisme ! Surtout des éditions aussi luxueuses, à $ 20 l'exemplaire ! Il lut les titres : *Modigliani, Chagall, Vlaminck, Van Gogh, Cézanne.* Impardonnable ! Cette ordure d'Argoli n'était pas seulement un voyou de la Mafia, c'était un barbare ! Fi ! Un nazi !

Un volet s'ouvrit et une fille vêtue — si l'on peut dire, car elle ne portait que ça — d'une paire de bas noirs, bondit hors d'une chambre à coucher.

— Je vous vois ! brailla-t-elle.

Elle ne le voyait pas. Elle regardait du mauvais côté. Il s'accroupit derrière le banc.

Un vieil homme à tête de crocodile apparut derrière elle. Il était en pyjama.

— Il n'y a personne là, Peg.

— J'ai entendu quelqu'un marcher !

— C'était le vent.

— Regardez ! Là ! (Elle se précipita vers les plantes et agita le feuillage.) Sors de là, sale con !

Brand la regardait en se léchant les babines. Enfer et damnation ! Quel joli brin de fille ! Manifestement une grue ! Canaille et paillarde, coquine, et des jambes aussi longues que celles d'une danseuse de cancan ! Il sentit son gourdin se raidir.

— Rentrez, Peg. Vous allez prendre froid.

— Il y a quelqu'un sur la terrasse ! Je le sais ! Quelqu'un qui est méchant, laid et sale !

*Et comment, ma poupée !*

Le crocodile s'esclaffa :

— Un rôdeur ! Impossible ! Nous sommes au cinquantième étage !

— Ça veut rien dire !

Elle courait en tous sens, fouillant des yeux l'obscurité.

*Ici, ma belle !*

— Peg, vous êtes folle !

Soudain, elle regarda le ciel d'un air craintif.

— J'avais oublié les chauves-souris, s'écria-t-elle. Rentrons !

Elle se rua dans la chambre. L'homme la suivit et ferma les volets.

Brand soupira et voulut se lever... impossible. Son concombre était coincé entre deux lames du banc. Il attendit qu'il rapetisse. Rien à faire. Enfer et damnation ! Il recula, traînant le banc avec lui. C'était douloureux. Il tortilla des hanches, exécutant une parodie de danse du ventre, mais son sabre restait coincé. Mille tonnerres, c'était absurde ! Il fit un pas de côté, cognant la table et faisant tomber la pile des livres par terre. Zut !

Les volets se rouvrirent et Tête-de-crocodile sortit prudemment de la chambre.

— Oui, murmura-t-il. Moi aussi, j'ai entendu.

*Aviateur et hauteur,* clama l'esprit de Brand. *Sauve-qui-peut vers les cieux !*

Peg reparut.

— Qu'est-ce que je vous disais ! fit-elle d'un ton geignard. Je le savais ! Faites attention ! Il est par là...

*Cerf-volant, de l'avant !* Brand tirait et poussait, mais la baïonnette gonflée ne voulait pas bouger. *Sur le clocher perché.*

— Regardez ! hurla Peg. Le banc ! Il bouge !

Ils s'écartèrent d'un bond quand la chauve-souris passa entre eux, les éclaboussant de jus poisseux.

## XXV

Cora et Tony l'attendaient dans une avenue bordée d'arbres, derrière la Civic Plaza. Il voleta près d'eux, se métamorphosa juste avant de tomber sur le sol.

— Tourments de l'enfer ! (Il atterrit à quatre pattes sur le trottoir.) Est-ce l'air du matin qui vient me picoter le nez ?

— Oui, merde ! cria Tony. Il est six heures moins le quart.

Ils lui lancèrent ses vêtements. Il s'habilla rapidement.

— Alors ? demanda Cora, l'air anxieux. Qu'en pensez-vous ?

— C'est faisable. (Il enfila son pantalon.) Je suis sûr que c'est faisable.

— Vous n'avez pas l'air tellement convaincu.

— Je le suis ! Oh, oui, je le suis ! Mais donnez-moi le temps d'accorder à ce sujet toute la considération qu'il mérite, Cora, avant de me demander de me prononcer et de m'engager.

— Comment ? Vous n'êtes pas encore engagé ?

— Pratiquement, si. Il y a cependant quelques détails mineurs à régler...

— Attention ! dit Tony en les poussant du coude. Voici venir le châtiment divin.

Cora et Brand se retournèrent. Un flic traversait l'esplanade. Il venait vers eux.

— Oh, merde ! ! ! (Cora se tordit les mains.) Vous avez des papiers d'identité sur vous, Brand ?

— Aucun, hélas. (Il tirailla son anorak.) Mais cela n'a pas d'importance. (Il regarda le ciel et marmonna.) Nuages d'orage, tonnerre éclatant, éclairs foudroyants, grêlons par millions.

Le ciel se couvrit, le tonnerre gronda, des éclairs zigzaguèrent, des grêlons gros comme des œufs mitraillèrent la Plaza.

Le flic s'arrêta, hésita un instant, puis courut se mettre à l'abri.

— Vous voyez, gloussa Brand. Il a peur de mouiller son uniforme.

— Brand ! ! ! (Cora le regardait, bouche bée.) C'est *vous* qui avez fait ça ?

— Oh oui. Mon pouvoir sur les éléments est assez considérable. Je peux, les doigts dans le nez, provoquer des convulsions de chaleur équatoriale avec roulements de tonnerre et des congestions de gel boréal avec feu d'artifice d'éclairs. Je peux amener la grêle et la mousson, je peux faire neiger, je peux déchaîner l'orage ou l'ouragan, je peux commander au vent de mon choix de souffler. Je peux susciter la brise ou la tempête, faire briller la pleine lune ou geler, ou pleuvoir... Ce n'est qu'une question de rimes.

— Mon Dieu ! murmura Cora.

— Mec ! dit Tony en frappant dans le dos de Brand. Je t'offre un cigare !

*

Le dimanche, Cora était libre. Tony était allé voir une exposition d'Hispano Suiza et de Lagonda, en banlieue, et Brand ne voulait pas être dérangé car il réfléchissait. Cora s'en fut donc seule assister à un concert où elle passa trois heures à écouter *Die Harmonie der Welt*, de Hindemith, le *Carmina Burana*, de Carl Orff et la Huitième Symphonie en do mineur, de Bruckner.

Puis elle se mit à chasser.

Elle trouva une fille endormie dans la salle d'attente du terminus des autocars de Circle Square et un jeune pédé qui faisait le trottoir dans une petite rue derrière la Poste Centrale. Elle les attaqua tous les deux et ne prit à chacun qu'une vingtaine de grammes de sang.

Ensuite, elle retourna visiter la maison — *sa* maison.

Elle descendit Woodlawn Street d'un pas allègre, escalada rapidement le mur et se planta au milieu du jardin, souriant à la façade sombre.

*C'est à moi !*

Dans le zoo, les hurlements du loup l'accueillirent.

Tony et Brand pourraient vivre ici, bien sûr, mais ils ne seraient jamais que de simples invités. *Ses* invités, jouant au tennis sur *son* court, nageant dans *sa* piscine.

*Salut !* cria-t-elle au loup. *Je suis chez moi !*

Elle ôta ses vêtements et se tint sur la pelouse au clair de lune, débarrassée de toute entrave, nourrissant des pensées de vol en murmurant les rimes de Brand et en levant les bras vers la lune.

La métamorphose fut instantanée.

La chauve-souris prit son envol et ne tarda pas à planer sur les réverbères de Greenlawn Boulevard. Une milice l'aperçut et lui tira une volée de balles de fusil.

Elle les railla, essaya de rire et de chanter :

*La vie est vraie, elle est sincère*
*La tombe n'est pas son objet*

mais ne réussit qu'à émettre de joyeux piaulements.

Dans Carter Avenue, elle piqua et fit tomber le chapeau d'un homme qui descendait de voiture.

Elle revint en suivant le boulevard et passa devant l'immeuble où elle habitait. Elle en fit le tour et monta aisément jusqu'au neuvième étage. Une fenêtre était ouverte, elle s'y engouffra en repliant soigneusement ses bras. Elle se percha sur un fauteuil.

Elle resta un instant immobile, souriante, démangée par l'envie de jouer des tours. Les astérisques et les points rouges du tableau noir de ses yeux se mêlèrent et dansèrent, décrivant papier peint, porte, tapis, abat-jour, fleurs dans un vase, pendule, lit, visage sur un oreiller... Où était-elle ? Au 9f, 9b, 9g ?

Les ailes se déployèrent, battirent lentement et la chauve-souris s'éleva et plana au-dessus du lit. Elle prit la couverture entre ses petites mâchoires et tira.

C'était le 9b, le domicile de Miss Salope, qui détestait le violoncelle ! Et la dame était là, étendue devant elle comme une offrande, nue, scintillante, ronflant comme un sonneur. Tiens, tiens !

La chauve-souris descendit, s'étala sur le sein de la dormeuse, trouva le pouls de la gorge, mordit... suçotant, grignotant, avalant de toutes petites et très douces gorgées de suc. Le miel chaud, écarlate, lui brûla le gosier, la rendit folle. Elle sursautait, battait des ailes, ouvrait et fermait ses griffes sur la chair tiède. Puis, au sommet de sa frénésie, elle se força à s'arrêter. Elle se tortilla, gobant les deux seins succulents sur lesquels elle était posée, les léchant, les écrasant, griffant leur pointe.

Miss Salope poussa un cri en s'éveillant et s'assit dans son lit. La chauve-souris tomba sur les cuisses de la belle, tiraillant les poils épais quand sa minuscule tête fouilla le V sombre, dévorant les truffes et champignons exquis qu'elle y trouvait. Miss Salope retomba en arrière en bêlant, écarta les jambes et s'offrit aux petites dents avides. Quand elle explosa, son corps se crispa et trembla comme une arche qui s'écroule. Poussant un long gémissement, elle s'évanouit.

La chauve-souris s'envola et sortit par la fenêtre.

*

Elle trouva Brand dans le jardin. Il faisait les cent pas sur la pelouse. Quand elle atterrit sur l'herbe à côté de lui, il la regarda sans surprise, presque sans intérêt.

— Que faisiez-vous ? demanda-t-il.

— Un acte (elle rit) innommable !

— Je crois que, euh... (Il sortit de sa poche un mégot de cigare et se mit à le mâchonner.) Je crois avoir trouvé la solution à notre problème.

— Chic ! (Elle ramassa ses vêtements et les emporta sur la terrasse.) Je savais bien que vous la trouveriez.

— Où est Tony ?

— Quelque part dans la nature.

— Voilà, fit-il en la suivant. Vous dites que la

seule façon d'arriver à l'appartement sur les toits, de l'intérieur de l'immeuble, consiste à prendre l'ascenseur privé, c'est bien ça ?

— Tout à fait.

Elle s'assit sur les marches pour enfiler ses bas.

— Il y a, bien sûr, des ascenseurs pour atteindre les autres appartements ?

— Évidemment. Les ascenseurs dans le hall. Mais ils ne montent pas jusqu'au quarante-neuvième étage.

— Dites-moi, Cora (il s'assit à côté d'elle), peut-on accéder au hall quand on est dans le cercle de jeux ?

— Oui, il y a une porte qui donne sur l'escalier, au sous-sol, juste à côté de notre vestiaire. (Elle agrafa son soutien-gorge, tout en observant Brand. Il était sombre et soucieux, il mordillait nerveusement son cigare et frottait ses bajoues flasques, perdu dans ses pensées. Plus question de badinage ou de bonhomie. Très bien ! Il prenait cela au sérieux. Parfait.) Pourquoi me demandez-vous ça, Brand ?

— Parce qu'il va nous falloir utiliser un de ces ascenseurs. (Il posa la main sur le genou de Cora et le tapota d'un air absent.) La nuit du grand coup, je veux que vous soyez au quarante-neuvième étage.

— J'y serai.

— Bravo ! (Ses doigts remontèrent sur la cuisse de Cora.) C'est ainsi que nous descendrons le butin, dans l'ascenseur...

Elle repoussa la main de Brand :

— Ça suffit !

— Bon, alors, c'est entendu. (Il jeta son cigare.) Je ne voyais vraiment pas comment faire descendre les sacs. (Il défit sa ceinture et baissa son pantalon.) Ne vous habillez pas. Nous allons fêter ça.

— Pas question.

Elle voulut s'échapper, mais il la plaqua sur les escaliers. Bien qu'il fût répugnant, elle aurait bien cédé, mais elle le savait, il ne fallait surtout pas. Elle n'avait pas l'intention de devenir le jouet docile de Brand. Il fallait qu'ils entretiennent des relations sérieuses, sinon, malgré tous ses projets, elle n'arriverait jamais à le dominer. Elle se détendit, apparemment prête à succomber et, quand il la lâcha et recula pour revenir se placer entre ses jambes, elle lui flanqua, aussi fort qu'elle put, un coup de pied dans les couilles.

Il hurla.

Le loup lui répondit.

Ainsi que Tony, qui arrivait tranquillement dans l'allée.

Leurs trois plaintes déchirèrent la nuit — *Ouououououh !* — comme un trio de cornes de brume.

— Salut tout le monde ! dit Tony en agitant la main. (Brand passa devant lui, chancelant, plié en deux, clopinant et râlant.) Qu'est-ce qu'il a, Brand, à danser autour de son mât de cocagne ? Aurais-je interrompu quelque fête champêtre ?

— Brand, dit Cora en mettant sa jupe, puis son pull, est un petit polisson.

— J'ai vu une voiture, ce soir (Tony monta sur la terrasse et s'assit sur la balustrade) qu'il me faut absolument. Il me la *faut !* C'est une Hispano Suiza 1937 ! Le rêve ! Une K6. Une merveille ! Un chef-d'œuvre !

— Combien ?

— Trente mille dollars.

— Pof ! Une bagatelle.

— Alors, quand est-ce qu'on le fait, ce hold-up ?

— Cela dépend de notre ami. Qu'en pensez-vous, Brand ?

— Ahhahhhah... gémit Brand en se contorsionnant.

— Le plus tôt sera le mieux, dit Cora en enfilant ses chaussures. Et le mieux serait samedi. C'est alors qu'ils ramassent le plus d'argent.

— Ce samedi-ci ?

Tony alluma un cigare.

— Oui. Qu'en dites-vous, Brand ?

Brand hocha la tête, incapable de reprendre son souffle.

— Alors, c'est décidé. (Cora se leva.) Dans la nuit de samedi.

# SECONDE PARTIE

*Et le meurtre décharné*
*Averti par sa sentinelle, le loup...*
*Vers son dessein*
*S'avance tel un spectre.*

Macbeth

## XXVI

— Voici comment nous allons faire, dit Brand. (Il ouvrit un calepin, lécha son crayon et se mit à dessiner un plan sommaire des lieux du crime.) Voici la tour, l'appartement sur les toits et la terrasse, en haut, et le hall de l'immeuble, en bas.

Ils étaient assis par terre, dans le salon. Leurs têtes se touchaient presque. Il pleuvait et des grondements de tonnerre parvenaient jusque dans la pièce. Le jardin était inondé et toute la maison humide comme une cave. Tony avait essayé, en vain, de faire du feu. Le petit bois était trempé.

— Vers trois heures, Cora, poursuivit Brand, quand le cercle fermera... Voici le cercle. (Il dessina un carré au bas de l'immeuble.) Nous n'avons plus à nous en occuper. À trois heures, donc, quand le

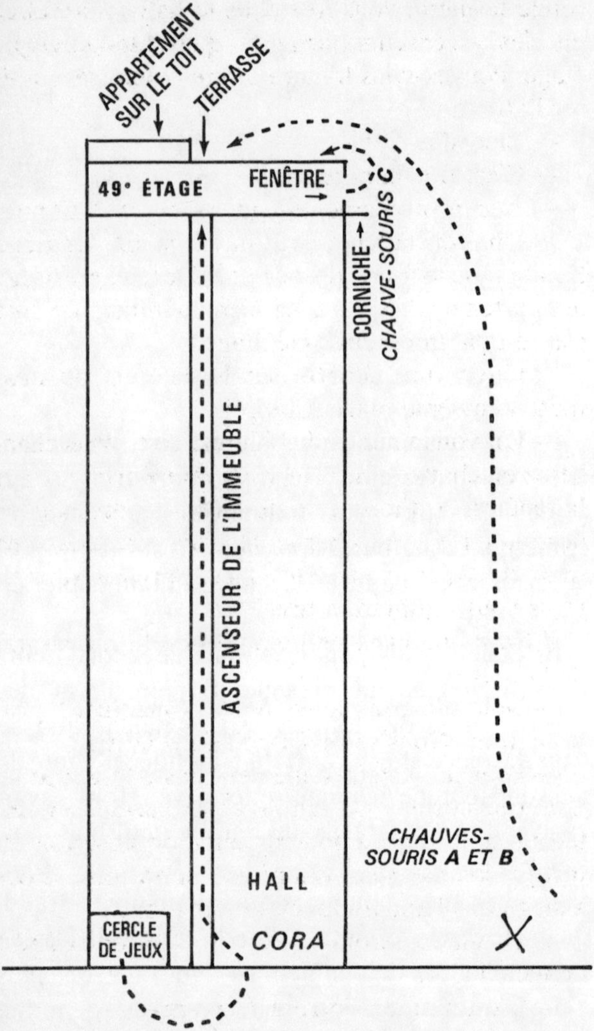
APPARTEMENT SUR LE TOIT
TERRASSE
49e ÉTAGE
FENÊTRE
CORNICHE
CHAUVE-SOURIS C
ASCENSEUR DE L'IMMEUBLE
CHAUVES-SOURIS A ET B
HALL
CERCLE DE JEUX
CORA

cercle fermera, vous irez dans le hall et prendrez un des ascenseurs jusqu'au quarante-neuvième étage. Pouvez-vous le faire discrètement sans attirer l'attention ?

— Bien sûr.

— C'est très important.

— Aucun problème, je vous assure. Continuez.

— Une fois là-haut, vous ouvrirez une fenêtre... là, à l'est de la tour. (Il traça une flèche et griffonna le mot fenêtre.) Vous avez bien compris ? Le côté est du quarante-neuvième étage.

— Ouvrir une fenêtre sur le côté est du quarante-neuvième étage. Compris.

— Là, vous vous déshabillerez, vous vous changerez en chauve-souris et vous vous envolerez par la fenêtre. Anthony et moi vous attendrons là (il dessina un X), dans la rue. Dès que vous serez en train de voler, nous nous métamorphoserons et irons vous rejoindre à tire-d'aile.

Il traça une ligne de pointillés de la rue au toit de la tour.

— Nous devrons aussi nous déshabiller ! protesta Tony. Nous serons à poil dans la rue !

— Pour un instant seulement, juste le temps de nous transformer. Nous nous poserons tous ensemble sur le toit, nous nous remétamorphoserons et, furtifs comme des vampires ombrageux, nous assiégerons l'appartement sur les toits !

— Comment ferons-nous pour y entrer, Brand ? demanda Cora.

— C'est moi qui entrerai le premier.

— Comment ?

— Tout simplement en m'évaporant en une bouffée de fumée insubstantielle, un ectoplasme de moi-même pour ainsi dire, et je m'infiltrerai par une fissure dans la porte ou dans un volet.

— Vous êtes... (Elle le regarda.) Vous pouvez faire ça ?

— Sans le moindre effort.

— Ah ben ça alors !

— Une fois entré, je reprendrai corps, je m'approcherai, tel un fantôme ténébreux, d'une des portes que j'ouvrirai pour vous faire entrer à votre tour.

— C'est dingue !

— Question réglée. Maintenant, Cora, dites-moi quels adversaires devons-nous nous attendre à affronter ? Autres, bien sûr, que notre arnaqueur à tête de crocodile. À propos (il eut un sourire méchant), peut-on considérer qu'il est comestible ?

— Argoli ? Comestible ? (Elle se mit à rire.) Oui, bien sûr, si on aime les ordures.

— Oh, je ne suis pas très difficile. Je lui donnerai peut-être un coup de croc pour rigoler.

— Berk ! Je vous le laisse, dit-elle en faisant la grimace.

Tony s'impatientait.

— Dites, laissez tomber vos petites plaisanteries. Occupons-nous de notre affaire.

— Et sa petite amie ? demanda Brand.

— Quelle petite amie ?

— Ah oui, j'avais oublié de vous en parler. Il y

avait une nénette, là-haut avec lui, quand je suis allé en reconnaissance. Une ravissante enfant qui s'appelle Peg.

Cora sursauta :

— *Peg ?* Peg était dans son appartement ?

— Et comment ! Ils batifolaient comme de jeunes époux pendant leur lune de miel.

— Peg et Argoli ? (C'était tellement inattendu qu'elle n'arrivait pas à y croire.) Non ! Vous êtes sûr que c'était Peg ?

— Absolument.

— Qu'est-ce que ça peut faire ? (Tony mordit le bout d'un cigare.) Si elle est là, l'un de nous n'aura qu'à l'assommer.

— Je m'en charge, dit aussitôt Brand. Je lui ferai perdre connaissance et je la grignoterai avant de la sodomiser. Quel délice !

— Oh, merde, dit Cora en écartant les bras d'un geste impuissant. Ça commence à sentir mauvais.

— Qui d'autre ?

— Seulement Irving, le comptable. Il sera dans l'autre pièce, en train de compter l'argent... une petite pièce qui donne sur le vestibule.

— Alors, nous serons obligés de l'assommer aussi, déclara Tony.

Brand n'était pas d'accord.

— Ce ne sera pas nécessaire, dit-il. Je n'aurai qu'à le faire mourir de peur.

— Tu... *quoi ?*

— J'apparaîtrai soudain devant lui, gâtifiant, bêtifiant, bavotant, grimaçant, et je lui dirai :

« Irving, ton heure est venue » ou quelque chose comme ça. Ça m'étonnerait s'il ne tombait pas raide mort de trouille. (Il gloussa.) Ça réussit à tous les coups. Et c'est tellement, tellement amusant de les voir s'écrouler ! Personne d'autre, Cora ?

— Non. (Cora alluma une cigarette.) À part les gros-bras, mais ils sont dans le vestibule où ils gardent l'ascenseur privé. Et la porte est fermée à clé de l'intérieur... Hé ! Minute ! (Elle venait de se rappeler la mère de Peg. Elle était cuisinière dans un snack-bar ouvert la nuit, à Evansville, et Peg allait d'habitude la chercher le samedi, après son travail, et passait le week-end avec elle.) Non, Peg ne sera pas là, dit-elle avec soulagement. Le samedi, elle rend visite à sa maman.

— Dommage, soupira Brand.

— Tu n'auras qu'à sodomiser Irving, suggéra Tony.

Brand fit comme s'il ne l'avait pas entendu.

— Venons-en à la partie la plus délicate de l'opération, dit-il en reprenant son croquis. Nous porterons les sacs de fric sur la terrasse... Vous voyez, là, cette partie saillante à l'extérieur du quarante-neuvième étage (il dessina une flèche et écrivit le mot *corniche*). C'est un rebord étroit, une corniche d'environ soixante centimètres de large, qui fait tout le tour du bâtiment. Toi et moi, Antonius, nous nous changerons à nouveau en chauves-souris et irons nous poser dessus. Nous redeviendrons nous-mêmes et nous tiendrons sur le rebord tandis que vous, Cora, vous nous lancerez les sacs. Ayant attrapé les sacs, Tony, nous les jetterons dans l'immeuble par la fenêtre ouverte. C'est clair ? Nous rentrerons par cette même fenêtre et vous, Cora, vous nous suivrez, d'abord sous forme de chauve-souris, puis sous votre propre forme. Nous chargerons les sacs dans l'ascenseur et descendrons jusqu'au rez-de-chaussée. La porte du hall sera fermée, naturellement, aussi devrons-nous trouver une autre issue pour atteindre la rue... la fenêtre d'un bureau par exemple. Et... voilà !

— Aussi simple que ça ! (Tony rayonnait d'admiration.) Drôlement chouettoss !

— C'est un plan génial, dit Cora. Génial !

— N'est-ce pas ? Mais attendez ! Ce n'est pas tout. Le véhicule qui nous permettra de fuir sera garé à deux cents mètres, dans Holland Avenue ou une transversale — et ce sera une camionnette de ramassage de chiens perdus !

— Une camionnette de ramassage de chiens perdus ?

Ils le regardaient, les yeux écarquillés.

— Je conduirai. L'argent sera placé à l'arrière, gardé par deux loups sauvages.

— Des *loups ?* fit Tony avec horreur.

Cora comprit tout de suite.

— Nous ?

— Exactement.

Tony ne comprenait toujours pas.

— Cora et moi ?

— Oui. Vous vous changerez tous deux en loups.

— Pourquoi ?

— À cause de la police, espèce de cloche ! Si le vol est découvert avant que nous ayons pu nous tailler, il y aura des barrages dans tout le voisinage. Mais aucun flic ne penserait à fouiller une camionnette de ramassage de chiens perdus... surtout si elle contient deux féroces mangeurs d'hommes, aux yeux rouges et aux mâchoires écumantes.

— Merveilleux ! (Cora battit des mains.) Ingénieux ! Magnifique ! (Elle se mit debout, brusquement.) Enfer et damnation ! Mille tonnerres ! Nous ne pouvons pas échouer !

## XXVII

Ils décidèrent de passer le reste de la nuit à faire la fête. Ils allèrent chez Joe, le Chinois, manger un chop-suey, puis au Benito, dans le quartier italien, pour picoler.

Assis dans un box à l'écart des fanas de la danse, ils burent des doubles scotches en fumant de l'herbe — bien que Cora n'en eût pas besoin pour être euphorique.

— Brand ! déclara-t-elle d'un ton catégorique, vous êtes un génie !

— Oh, bof !

— Entièrement d'accord ! s'écria Tony en couvrant de baisers serviles la main du vieux monstre.

— Mes enfants, vous me flattez inutilement, dit Brand, l'air rayonnant. (Les lumières clignotantes orangées lui faisaient une tête de citrouille.) Je suis habile, un point c'est tout. Un vieux renard habile.

— Entièrement d'accord, là aussi, dit Tony.

— Et le truc du loup ? demanda Cora. Comment doit-on s'y prendre ?

— Ce n'est pas plus compliqué que le truc de la chauve-souris, dit Brand pour la rassurer. Les bouts rimés sont encore plus simples : « grognant », « chien méchant », « fourrure », « hurlant », « morsure ». Il suffit d'avoir des pensées canines.

— Des pensées canines ? (Tony tira une bouffée de son joint.) Quoi, par exemple ?

— Pense à la lune, lui dit Brand, à errer dans la forêt, à gronder, à montrer les crocs...

— Ça n'a pas l'air difficile, dit Tony... grrr...

Tony disparut soudain, faisant place à un grand loup maigre qui avait un mégot au coin de la gueule.

— Pas maintenant, idiot ! fit Brand d'un ton réprobateur. Baste !

La transformation avait duré quelques secondes à peine. Tony reparut, souffla une bouffée de fumée et fit :

— Ouais. Je vois ce que tu veux dire.

— Zut, murmura Cora.

Un garçon arrivait à grands pas.

— Les chiens ne sont pas admis ! cria-t-il.

Puis il s'arrêta et les regarda.

— Des chiens, mon brave ? fit Brand d'un ton insolent. Si vous souhaitez entrer en conversation avec nous, je vous prierai d'être plus explicite.

— Je croyais qu'il y avait un chien avec vous.

Il se pencha pour regarder sous la table.

— Je vous interdis de regarder sous la robe de cette jeune personne, dit Tony en l'écartant brutalement. Nous n'aimons pas les voyeurs !

— Je croyais qu'il y avait un chien avec vous.

Le garçon s'en alla en grommelant.

— Tony ! s'écria Cora en lui montrant sa main. Regarde !

Une grande *patte* émergeait de sa manchette gauche.

— Termine ta transformation, espèce d'idiot ! dit Brand en rotant.

— Ouh ! (Tony semblait affolé.) Qu'est-ce que je fais ? Qu'est-ce que je fais ? (Il agita la patte qui avait l'air d'un gant poilu.) Qu'est-ce que je fais ?

— Pense à toi.

— Hein ? À moi ? À moi ?

— Ça ne devrait pas être trop difficile, dit Cora d'un ton moqueur.

— Pense à des rimes « loganiennes », lui dit Brand avec impatience. Pense à des notes sur un piano, pense à des jeux de dés, allons, à des vestes en Harris tweed. Pense à des gorges, à des voitures de sport, à des bars, à de l'alcool, à la richesse imminente, à des billets de banque, à des cigares, à une paire de chaussures neuves. Pense à toi, quoi !

Ils regardèrent Tony se concentrer de toutes ses forces en retenant sa respiration et en tenant la patte derrière son dos. Puis il posa son bras sur le bord de la table. Sa main était là, normale, fixée au bout de son poignet.

— Ouaouaouaou ! gémit-il. Ouaou ! Vous avez vu ça ? Une putain de patte ? Une patte, la vache ! Ouaouaou !

Un jeune lourdaud en costume blanc apparut soudain et attrapa Cora par le bras.

— Venez, miss Goodbar, on swingue !

Il l'entraîna sur la piste de danse.

C'est alors qu'une sylphide vêtue d'une toge en peau de tigre s'approcha de Tony.

— Et toi, mon joli ? (Elle lui pinça le nez.) T'as pas envie de me frotter ?

— Et comment ! dit-il en se levant pour la suivre.

— Et moi ! Et moi ! (Brand bondit hors du box.) N'abandonnez pas le dernier des Pouilleux Lurons ! (Il prit dans ses bras une blonde qui passait.) Holà ! fit-il avec un affreux regard polisson. Un étui d'or pour mon poinçon !

— J'ai pas envie de danser, grand-père.

— Moi non plus. Éclipsons-nous. Allons nous faire des mamours, ma mie.

Il l'entraîna dans un coin de la salle.

Les lumières clignotantes passèrent de l'orange au violet. Cora dansa trois fois avec son cavalier en costume blanc, après quoi ils s'éclipsèrent aussi dans l'ombre. Elle lui embrassa la gorge.

— Hououou ! souffla-t-il. Ça me botte ! Ça me botte ! N'arrêtez pas !

Elle continua. Un instant plus tard, il perdait connaissance.

Le violet se changea en clignotements jaunes et verts.

Tony entraîna en dansant sa sylphide dans un autre coin obscur. Il la mordit — lascivement. Elle gloussa... puis voulut crier. Mais il était trop tard.

Le garçon s'approcha à grands pas de Brand et de sa blonde enlacés dans l'obscurité. Il brailla :

— Dites donc ! Qu'est-ce que vous faites là ? Pas de ça ici ! Séparez-vous !

— Au contraire, joignez-vous à nous !

Brand l'attira dans le coin et l'écrasa contre le mur.

*

Cela se passait un dimanche. Dans la nuit du lundi, Tony trouva une authentique camionnette de ramassage de chiens dans un terrain d'exposition de voitures d'occasion, en banlieue. C'était une Ford 1971 qui coûtait six cents dollars. Brand la paya. Cachés dans son égout, il avait un tas de louis d'or qui valaient chacun environ cent dollars. Il en vendit sept à un marchand de monnaies anciennes de Market Street et il alla avec Tony acheter la camionnette le mardi soir.

Ils la conduisirent jusqu'au garage de Downing Lane où, pendant que Tony révisait le moteur, Cora et Brand peignirent la carrosserie. Sur les deux côtés, ils marquèrent « *Fourrière Municipale pour Chiens* ».

Le mercredi et le jeudi, ils répétèrent leur numéro de métamorphose en loup et en chauve-souris.

Le vendredi, à la veille du grand événement, ils étaient si tendus qu'ils devenaient incapables de se supporter.

Cora alla tout droit de son travail à la gare où elle s'assit dans la salle d'attente et lut *Un miroir lointain* de Barbara M. Tuchman jusqu'à cinq heures. Puis elle rentra à son appartement et joua du violoncelle pendant deux heures. (Miss Salope n'était plus là pour se plaindre du bruit ; on l'avait hospitalisée.)

Quand La Balançoire ferma, Tony, qui n'avait rien de mieux à faire, se joignit à une milice composée de membres de sections d'assaut et passa la nuit entière en leur compagnie à sillonner le quartier ouest. Dans Gordon Avenue, ils capturèrent un camé qui essayait de forcer la porte d'un drugstore. Ils plantèrent un pieu dans son cœur et le pendirent par les pieds à un réverbère.

Finalement, à six heures et demie, il s'éclipsa et retourna au garage. Il grimpa dans son cercueil, fuma un cigare et lut *TIME*.

Brand se rendit dans trois cinémas où il vit cinq vieux films soporifiques.

En sortant, il était tellement énervé qu'il prit un taxi pour l'aéroport et passa une heure à regarder les avions à réaction. Puis, revenu en ville, il se rendit dans une boîte de striptease de Joseph Street et passa encore quatre heures à boire de la tequila et à regarder sans les voir un peloton de filles tristes qui se déshabillaient sans entrain.

Il descendit dans son égout à cinq heures, se rasa (Cora lui avait fait promettre de se raser toutes les nuits), joua le mouvement Adagio du 3e Concerto pour violon en sol majeur de Mozart, lut la scène qu'il préférait de *Roméo et Juliette*, puis mourut.

Tony et Cora en firent autant. Ils s'éteignirent tous les trois à la même heure, pétrifiés par la rigidité cadavérique et le trac.

## XXVIII

Enfin le samedi vint.

Lorsqu'elle arriva au vestiaire, Cora trouva Peg qui, pour une fois, était arrivée en avance (était-ce un bon ou mauvais présage ?) et se tortillait pour enfiler son collant.

— Salut, Cora.

— Salut, Peg.

— Merde ! J'en peux plus ! (Peg bâillait à s'en décrocher la mâchoire.) La semaine a été dure, c'est le moins qu'on puisse dire.

— À cause d'Argoli ?

C'était sorti avant qu'elle puisse le retenir. Zut ! Quel affreux faux pas !

— Hein ? (Peg la regarda, les sourcils hérissés de stupeur.) Comment tu le sais ? Hé, c'est pas toi qui étais en train de nous espionner l'autre nuit, sur le toit ?

— Non, je... eh bien... (Elle enfila sa robe du soir argentée, qui avait besoin d'être nettoyée. La vache ! Elle puait la vieille serviette de toilette !) Pour tout te dire, Peg, ajouta-t-elle en mentant effrontément, tout le monde est au courant.

— C'est vrai ? Eddie a dû ouvrir sa grande gueule. Ou bien ce gros connard d'Irving. D'ailleurs, je m'en fous. Attention, mon bijou, tu es en train de la mettre devant derrière.

— Quoi ? Oh !

Cora ôta péniblement sa robe et la remit plus calmement. Zut ! Les présages étaient franchement dégueu ! *Si ta robe est à l'envers, tu feras tout de travers*. C'était faux comme un proverbe !

— Je ne fais ça que par nécessité, expliqua Peg. Il me file cent dollars chaque fois que je pleure misère. J'aime autant te dire que je me fais chier pour les gagner ! C'est un amant minable. Coucher avec lui...

— Tu vois ta maman, ce soir ?

— ... c'est comme de s'envoyer un chameau. Maman ? Ouais. Pourquoi ?

— Rien. Dis-lui bien des choses de ma part.

— J'y manquerai pas.

Avant de monter, Cora vérifia la porte qui donnait sur l'escalier du hall, comme elle le faisait depuis le lundi, en s'attendant presque à la trouver murée ou condamnée d'une façon ou d'une autre. Elle était toujours là, crasseuse à force de n'avoir pas servi, verrouillée de l'intérieur. Elle avait déjà essayé de tirer le verrou. Elle l'avait même graissé le mardi. Il s'ouvrait et se fermait aussi facilement qu'une fermeture à glissière.

Dans la salle de jeu, la table de roulette était découverte ; Eddie déballait ses boîtes de plaques et de jetons.

— Ça va être une grande soirée, dit-il. Plein de nouveaux émirs sont arrivés en ville.

— Tous ces Arabes pèchent contre le Coran, observa-t-elle bêtement. Le Prophète est contre les jeux d'argent.

Elle regarda la pendule. Que la nuit allait être longue ! Les heures s'étendaient devant elle comme les marches de la potence.

— Le seul truc qui nous intéresse, c'est la recette. Le patron pense qu'on va peut-être récolter un million cent ou deux cents.

Elle laissa tomber son fume-cigarette. Un million cent ! Deux cents ! La cupidité la calma comme une piquouse. Très bien, pour ce genre de pognon, elle était prête à endurer tout ce que lui réservait ce samedi ! Advienne que pourra ! songea-t-elle.

— Inch Allah ! dit-elle à voix haute.

On ouvrit les portes et la foule entra.

*

À La Balançoire, Tony jouait des airs de Cole Porter avec tant de fausses notes qu'on eût dit de la musique atonale. Pensant qu'il s'amusait, Louie et les clients applaudirent.

Un rigolo mit une pièce de vingt-cinq *cents* dans le verre posé sur le piano et dit en ricanant :

— C'est ma contribution à la Fondation Dodécaphonique Arnold Schönberg.

Puis il s'assit à une table toute proche.

Un habitué nommé Oscar, assis juste en face de lui, minauda :

— Merveilleux pianiste.

— Je préfère Rubinstein, répondit le rigolo. Ses trémolos sont plus vibrants.

— Les miens aussi, avoua Oscar.

Ils s'esclaffèrent.

Tony essaya un pot-pourri d'airs connus mais ses doigts, changés en bananes, donnèrent une cacophonie.

— Il joue encore mieux quand il ôte ses moufles ! cria Oscar.

Tony renonça, recula son siège, alluma un cigare. Ça devenait comique ! Merde alors. Il avait intérêt à se ressaisir, sinon il serait bon à interner d'ici l'heure de la fermeture. Il allait faire signe à la serveuse de lui apporter un autre cognac mais il se ravisa. Non... assez d'alcool. Il avait déjà bu trois ou quatre verres. Ou cinq. Il s'efforça de faire quelques exercices très simples de yoga, ferma les yeux, respira à fond, dénoua les muscles de son ventre, prétendit que ce n'était pas samedi mais vendredi... vendredi, ouais... au poil... encore vingt-quatre heures avant le grand coup... au poil...

— Il a tourné de l'œil, beugla le rigolo.

— Au boulot, Tony, brailla Louie.

*Joue un nocturne, petit*, murmura une voix dans sa tête, *cela calmera ton esprit troublé*.

Il ouvrit les yeux. Brand, assis au bar, buvait de la bière et mangeait des cacahuètes.

Tony posa les mains sur le clavier et exécuta l'Op. 27 N° 2 de Chopin — sans une faute.

*

— Cinq rouge ! cria Cora en français. Impair et manque !

C'était le septième rouge d'affilée ! Elle décida que si le *noir* sortait maintenant trois fois sur cinq, cela voudrait dire que le casse de cette nuit connaîtrait un succès total et phénoménal.

Elle fit tourner la roulette.

La bille tomba d'abord dans le 33 puis, au prochain tour, dans le 20 et au troisième, dans le 15 ! Formidable !

Ce présage annulait tous les autres.

— Quinze noir ! clama-t-elle. Quinze noir impair et manque !

Noir ! Noir, la couleur du crédit ! Le Noir est

beau ! Noir comme la nuit ! Noir comme une chauve-souris !

Quand elle gloussa de joie, plusieurs Arabes lui lancèrent un sale regard, croyant qu'elle riait de leurs pertes. Allah ! Elle se sentait devenir hystérique !

— Faites vos jeux ! (Elle mit une autre cigarette dans son fume-cigarette et l'alluma.) Messieurs, faites vos jeux. (Elle s'efforça de surgeler son agitation, de redevenir la Vierge de Glace d'autrefois.) Si vous ne gagnez pas tout de suite (elle manœuvra les plaques avec son râteau), essayez encore, essayez !

Tout le monde sourit. La tension tomba et la fureur du jeu se calma légèrement.

En observant les teints bistrés qui entouraient la table, elle eut l'impression d'être emprisonnée dans un sérail. Elle se rappela Lexington Avenue et les années 30, la pluie, le verglas de New York et toutes les chansons de Broadway. Ah, si Fanny Brice était encore là... ou Vic Moore, ou Scott Fitzgerald, Benny Goodman... ou Cesare l'Ancien... au lieu de ces rats du désert... Elle se demanda si elle se souviendrait de certains d'entre eux puisqu'elle ne savait déjà pas mettre un nom sur ces visages ténébreux... Anouar... Habib... Hussein... Mehdi... Saddam... Abed... Youssef... Nihad... Leur ressemblance était épouvantable ! Elle était une île au milieu d'un lac de smokings flottants. Encore un groupe qui arrivait, escorté par Argoli en personne... Ce qui voulait dire qu'ils allaient jouer avec des plaques blanches de mille dollars, ou roses de cinq cents dollars... Merde ! Il n'était qu'une heure du matin ! Et elle avait des bourdonnements dans les oreilles... bzzz ! bzzz ! bzzz !

— Vous avez l'air fatigué, lui dit Eddie qui s'était approché. Reposez-vous un moment.

Elle alla dans les toilettes Dames et s'aspergea le visage d'eau froide. Puis elle se planta devant le miroir vide et se demanda de quoi elle avait l'air.

*

Oscar et le rigolo étaient maintenant assis à la même table. Ils se racontaient des fadaises, chacun tirant tendrement la cravate de l'autre tout en murmurant et en gloussant. Tony jouait *Night and Day* en susurrant les paroles dans le micro.

Toujours assis au bar, Brand lisait le journal et buvait sa énième bière. Il posa une cigarette entre ses lèvres, tripota maladroitement une allumette et la gratta. Loupant la cigarette, il mit le feu au journal qui se mit à flamber. Une femme hurla. Un homme cria : « Faites gaffe, hé ! », tandis que le barman jetait une carafe d'eau sur les flammes.

*

Cora fit tourner la roulette. Il y avait des plaques sur chacun des trente-six numéros. Les Passe, Manque, Pair et Impair et les carrés rouges et noirs étaient couverts. Il y avait au moins — elle compta les tas de rose et de blanc amassés à un bout de la table — pour quinze mille dollars de plaques empilées dans les carrés D12, M12 et P12.

Un seul carré était vide, à l'autre bout, aussi lointain qu'une cime de montagne... ou qu'un appartement sur les toits.

Elle regarda ce trou dans l'océan de plaques.

*L'ultime présage*, songea-t-elle.

Le zéro.

Elle conclut alors, sans réfléchir, sur un coup de tête, un pacte avec le destin, risquant tout sous le coup d'une impulsion. *Si n'importe quel autre chiffre sort, nous sommes fichus !*

Mais non... le zéro ne sortait jamais... jamais ! jamais ! jamais ! *Il va sortir maintenant*. Elle le voulait de toutes ses forces. *Maintenant !*

— Les jeux sont faits, lança-t-elle.

C'était le moins qu'on puisse dire ! Maintenant, c'était tout ou rien !

La roulette tournait.

Jamais ! Jamais ! Jamais !

*

Brand sortit sa montre et la regarda méchamment. Il la remonta. Elle lui glissa des doigts et tomba dans son verre de bière.

Le barman le foudroya des yeux.

Brand plongea les doigts dans la bière et sortit sa montre. Il l'essuya sur sa manche. Du coude, il renversa le verre. La bière se répandit sur le comptoir.

L'homme et la femme assis à côté de lui sautèrent de leur tabouret et s'écartèrent en braillant.

Le barman essuya le comptoir avec un chiffon.

Tony jouait un air populaire.

*

La boule d'argent rebondit, légère, dans le 0.

— Zéro ! cria Cora.

Il y eut un grognement de rage unanime quand elle ratissa toutes les plaques.

— Cette roulette, fit une voix, a certainement été truquée !

Elle regarda l'accusateur. Seigneur ! Un Japonais ! D'où sortait-il, celui-là ?

Elle lui répondit, en imitant une voix japonaise :

— M'étonnerait pas ! Cette roulette fabriquée au Ja-pon !

Tout le monde éclata de rire. La rébellion fut tuée dans l'œuf.

*

Oscar et le rigolo commençaient à s'engueuler, à se gifler, à échanger coups de poing et insultes : « Salope ! », « Sadique ! », « Voyou ! », « Travelo ! ».

— Ça suffit, les gars, dit Tony en bâillant.

Louie et la serveuse arrivèrent en courant pour les séparer.

Au bar, Brand prit son nouveau verre de bière.

Il le serra nerveusement et le verre se brisa dans son poing, faisant fuir tous ceux qui n'étaient pas déjà loin.

Le barman le fusilla du regard en ramassant les débris.

*

Il y avait aussi une bagarre dans le casino. Deux Palestiniens et un immigré iranien s'étaient empoignés. Eddie dut les éjecter poliment.

À une heure trente, le Japonais râleur gagna trente mille dollars. Il avait tout perdu à deux heures moins le quart.

Cora ne voyait plus les numéros sur la table. Elle dut faire une autre pause pour se reposer les yeux.

*

Oscar et le rigolo se réconcilièrent et insistèrent pour que Tony joue l'*Ave Maria* pendant qu'ils dansaient ensemble.

Il accepta et fit signe à la serveuse.

— Un cognac ? demanda-t-elle.

— Non. Une aspirine.

*

Brand rota et renversa une assiette de cacahuètes, mais tout le monde avait évacué le bar et il y était seul, béatement inconscient du désordre dont il était cause.

Louie s'approcha de lui.

— Vous devriez rentrer à la maison, Pépé, lui dit-il.

Brand lâcha des vents sonores. Louie s'enfuit.

*

— Quatorze, annonça Cora d'un ton las. Manque et impair. Non, pardon... je veux dire Passe et Impair. Non... Manque et Pair. Quatorze... (Le 14 était-il rouge ou noir ? Elle plissa les yeux pour voir les numéros.) Rouge ! coassa-t-elle. Rouge !

*

La Balançoire ferma enfin.

Il ne restait plus que trois clients. Brand endormi au bar, la tête sur les bras, le rigolo et Oscar qui dansaient lentement à moitié endormis, tandis que Tony jouait un tango langoureux. Ils finirent par s'en aller, main dans la main, après avoir lâché un billet de cinquante dans le verre posé sur le piano.

Tony s'en empara aussitôt, ferma le couvercle, se mit debout d'un bond et courut au bar pour réveiller Brand.

— Allons-y, Oswald.

— Quoi ? Quoi ? (Il se réveilla en sursaut avec des graillements et des haut-le-cœur.) Eh ? Saperlipopette ! Eh ?

— Il est deux heures dix !

— Qu'est-ce qu'on attend ? (Il se laissa tomber du tabouret.) Allons-y ! En avant ! *Ave atque vale !*

Et il s'écroula. Tony le rattrapa.

— Nom d'un chien ! Qu'est-ce que tu as ? Tu es bourré ?

— Ôte-toi de là ! Je vais vomir !

Il le fit.

*

— On ferme, Mesdames et Messieurs, on ferme ! cria Eddie.

Cora, complètement ahurie, regarda autour d'elle. Tout le monde s'en allait. Les larbins recouvraient déjà la table. Les deux hommes armés se dirigeaient vers le comptoir du caissier pour prendre les sacs.

Elle n'arrivait pas à y croire. Il était vraiment trois heures du matin.

Elle rendit ses plaques et descendit en courant au vestiaire.

## XXIX

Elle ôta sa robe du soir argentée et remit sa tenue de ville à toute allure, si vite qu'elle mélangea encolure et emmanchure, dut s'y reprendre à deux fois, perdit une chaussure, se cogna la tête contre la porte de l'armoire en se baissant pour la ramasser, brisa la fermeture de son soutien-gorge (qu'elle abandonna), déchira son chemisier et arracha un bouton de son manteau en loden. Elle perdit ensuite dix précieuses minutes à chercher l'autre chaussure. Elle était au bord de l'hystérie quand elle finit par la trouver en bas de l'armoire de Peg.

À trois heures quinze, elle tirait le verrou de la porte qui donnait sur l'escalier, ouvrait la porte, la franchissait, puis la refermait doucement derrière elle.

Elle monta en courant dans le hall faiblement éclairé par des veilleuses. Sur les hauts murs de brique et de verre se dessinaient des ombres floues. Elle entendit le vacarme d'un téléviseur dans le bureau du gardien.

Les ascenseurs — il y en avait douze — étaient juste à côté d'elle. Elle prit le dernier, l'express qui desservait les trois derniers étages — et appuya sur le bouton 49.

La cabine fit une embardée avant de se ruer bruyamment à l'assaut des hauteurs, en faisant clignoter ses lumières. Elle s'arrêta plusieurs fois sans raison apparente avant d'atteindre le 49e étage où les portes coulissantes s'ouvrirent.

Un long couloir tout droit, bordé de centaines de portes, s'étendait devant elle du nord au sud. Étant déjà venue en reconnaissance le mardi avant d'aller travailler, elle savait que l'appartement sur le toit était à sa gauche. La terrasse juste au-dessus d'elle et le mur Est de la tour à sa droite.

Elle s'approcha de la première porte à droite, dans le couloir, et tourna la poignée. La porte était fermée à clé. Elle courut jusqu'à la suivante. La porte s'ouvrit.

Elle se trouvait dans un grand bureau sans fenêtre. Elle le traversa, ouvrit une porte intérieure et entra dans une petite bibliothèque aux étagères pleines de livres de Droit.

Il y avait une fenêtre. Elle l'ouvrit et resta un instant à contempler les lumières de la ville, des kilomètres plus bas, qui brillaient comme des pierres précieuses à travers un voile de brume.

Elle examina la fenêtre. Large, arrondie du haut, elle était parfaite. Ils n'auraient aucun mal à faire passer les sacs par là.

Elle se déshabilla très vite.

Puis elle grimpa sur le rebord, descendit sur la corniche et s'envola dans la nuit.

*

La camionnette de ramassage de chiens était garée au coin de Holland Avenue et de Jersey Street. Brand et Tony, tous deux nus, étaient assis à l'arrière, les yeux levés vers le 49$^{e}$ étage de la Tour. La porte arrière était entrouverte et leurs yeux de créatures perçaient l'obscurité et fouillaient la corniche, à la recherche de Cora.

Brand était encore patraque, son estomac dansait la sarabande. Brand rotait et pétait et grognait et graillait et avait très envie de tout laisser tomber.

— Attendons samedi prochain, disait-il d'un ton suppliant. Pitié... attendons... Oh, mes tripes !

— Il est maintenant trop tard pour s'arrêter. Nous sommes engagés.

— Il faut que je fasse pipi, dit Brand en s'apprêtant à descendre.

Tony le rattrapa.

— Non, espèce d'idiot ! Quelqu'un te verrait ! Tiens, la voilà !

Ils regardèrent Cora assise sur la corniche, point minuscule écrasé par l'immensité de la façade et du toit. Elle se jeta dans le vide.

— Hou... iouille-iouille ! s'écria Tony. Qu'est-ce qu'elle fout ?

— Morbleu ! cria Brand. Elle a oublié de se métamorphoser !

Ils sautèrent de la camionnette, tout en opérant leur métamorphose. Deux chauves-souris décharnées s'envolèrent vers la cime de la tour.

*

Cora tomba de quinze étages avant que ses ailes ne s'ouvrent. Un coussin d'air la retint et la porta quelques instants avant de la jeter dans un courant qui la fit remonter jusqu'aux derniers étages.

Elle vit Brand et Tony passer péniblement. Elle leur lança un couinement. Tony piqua et vint se placer contre elle. Son affreuse frimousse de rongeur avait un sourire hideux.

Une rafale de vent les sépara. Elle prit de la hauteur. Il perdit de l'altitude, traversa Jersey Street, arriva sur un toit, transperça une lucarne, la pulvérisa et tomba dans l'obscurité.

Il descendit en tourbillonnant dans un vaste néant et se posa sur une dalle de pierre. Il s'y accrocha fermement et regarda autour de lui. Il faisait une chaleur étouffante. Son radar émettait des signaux de danger, identifiant tour à tour des vitraux... des piliers... un banc... une bougie et une flamme... des statues... des fonts baptismaux... d'autres piliers... des vases... des nefs... une autre bougie... d'autres bancs...

La plaque de marbre le roussit. Il la traversa et la contourna pour essayer d'en distinguer la forme. Qu'est-ce que ça pouvait être ? Un four ? Un fourneau ? Non... il vit le tabernacle, se sentit brûlé par un souffle embrasé... un autel ! C'était un autel !! !

Merde alors !

Il était dans une église !

Battant des ailes avec force, il fila, tel un missile, jusqu'au plafond de la nef.

Il se consumait ! Il dépérissait ! Il se sentait en proie aux affres de la mort !

En cherchant la lucarne, il buta contre les concavités d'un dôme.

Tout en bas, la minuscule flamme des bougies se transformait en volcan incandescent, dont la luminescence l'ébouillantait.

Ça y était ! Merde, merde, merde ! Son heure avait enfin sonné, plus cruelle que le pieu des zélateurs, plus mortelle que le soleil ! Il se trouvait dans la chambre des tortures particulière du Vieil Homme. C'était ici qu'il allait frire, cuire et rôtir pour son châtiment !

Il se mit à prier :

*Ô Dieu ! Laissez-moi participer rien qu'un petit coup à notre casse ! Je n'achèterai pas une Hispano Suiza K.6. 1937 avec ma part du butin ! Non ! Je vous bâtirai une petite chapelle en brique dans une chênaie ! Je le jure !*

Il passa alors par la fenêtre brisée et se retrouva libre, s'élevant, porté par le vent froid, traversant Jersey Street, fuyant comme s'il avait vu le diable.

## XXX

Cora et Brand atterrirent sains et saufs au bout de la terrasse. Ils reprirent leur forme humaine et, restant à l'abri du parapet, ils se dirigèrent vers l'appartement, à l'autre bout du toit.

— Attendons Tony, chuchota-t-elle en s'agenouillant derrière des arbustes. Il ne faut pas se disperser.

— Qu'est-ce que c'est que ça ? cria Brand. Écoutez !

— Taisez-vous !

— Là ! Regardez !

Au-dessus d'eux, des pales tournoyaient. Un hélicoptère passa et disparut en descendant vers Holland Avenue.

— Calmez-vous ! Ce n'était qu'un hélico !

— Je suis tellement nerveux !

— Pour l'amour du ciel, faites un effort pour vous ressaisir !

Soudain, Tony tomba du ciel, écrasant le feuillage et atterrissant la tête la première à côté d'eux. Un pot de fleurs tomba du parapet dans la rue.

— Où étais-tu passé ? demanda Cora.

— J'ai fait un tour à l'église, fit-il en riant. Histoire de dire une petite prière pour nous.

— Allons-y. Nous sommes en retard.

*

Le pot de fleurs descendit en tourbillonnant dans Holland Avenue au moment où une voiture de patrouille tournait le coin de Jersey Street.

Le pot lui tomba dessus, s'écrasant sur le capot en un jaillissement de terre et de fleurs.

La voiture s'arrêta, un flic au visage mongoloïde en descendit d'un bond et contempla les dégâts.

*

Ils arrivèrent près de l'appartement. Les volets étaient ouverts et toutes les lumières allumées.

Surpris, ils se glissèrent entre les plantes et les arbustes, et restèrent dans l'ombre juste en dehors de la zone de lumière.

— Qu'est-ce que c'est que ça ? siffla Tony. Qu'est-ce qu'il se passe, merde ?

Ils voyaient Argoli, Eddie et Irving debout dans le salon, les mains en l'air. Deux grands Noirs aux allures de brutes arrivèrent rapidement du vestibule, portant chacun un grand sac et un fusil à canon scié.

— Quoi... ? bégaya Tony. Quoi... Hé ! Quoi... ?

Puis une fille s'avança, encadrée par la fenêtre brillamment éclairée. Elle portait un imperméable et un petit béret très chic, et elle braquait sur Argoli, Irving et Eddie un .357 Magnum. C'était...

— *Peg !* fit Cora avec un hoquet de surprise. *C'est Peg !*

— Saperlipopette ! cria Brand. C'est un hold-up, nom de nom !

La bourrasque de vent qui, soudain, s'abattit sur eux cassa la tige des plantes et fit pleuvoir des tourbillons de feuilles.

Ils se retournèrent. L'hélicoptère s'apprêtait à se poser sur la terrasse.

Un autre Noir se pencha hors de la cabine et hurla :

— Tout est prêt ?

— Tout est prêt ! lui cria Peg. Taillons-nous, les gars !

Peg et les deux Noirs qui portaient les sacs sortirent du salon.

— Eh bien, dit Brand, adieu butin !

— Mon cul ! hurla Cora. (Menaçant l'hélicoptère du poing, elle cria :) Bande de salauds ! *Nuages d'orage, tonnerre éclatant, éclairs foudroyants, grêlons par millions !*

Le tonnerre éclata comme les applaudissements d'un million de démons. Les vibrations fendirent les murs du salon, firent voler le sol en morceaux, détruisirent les meubles, écrasèrent les portes. Le choc envoya voltiger Peg et les deux Noirs qui s'apprêtaient à fuir. Des trombes d'eau, venues du ciel, inondèrent la terrasse. Des éclairs jaillirent dans la nuit. D'énormes grêlons brisèrent toutes les fenêtres de l'appartement sur les toits et bombardèrent l'hélicoptère qui fut renversé.

— Vite, sur la corniche, tous les deux ! ordonna Cora.

Tony et Brand disparurent et deux chauves-souris, piaillant de terreur, s'envolèrent dans la tempête.

Sortant d'un bond de l'abri de feuillage, Cora sauta sur les deux Noirs étalés par terre. L'un d'eux s'assit, à demi submergé par les vagues de pluie. Il la regarda et fit :

— Euh ?

Elle lui balança un grand coup de poing sur la mâchoire et lui arracha le sac. Elle courut à l'autre, lui envoya son pied dans la figure et prit le second sac.

On tirait depuis le salon. Des balles ricochaient autour d'elle. Quand une balle passa sous son nez, Cora sentit le cuivre chaud.

Le pilote de l'hélicoptère tirait vers le salon. Cora vit tomber Irving ; il avait un trou dans le front.

— Putains de salopards ! brailla Eddie qui, .45 au poing, entrait et sortait par la fenêtre en tirant.

Peg, qui se traînait à quatre pattes sous le tir de barrage, fouillait dans les flaques, à la recherche de son .357 perdu.

— Tuez-les tous ! braillait-elle. Lessivez-les !

Le pilote beuglait de rire.

— C'est comme au Nam ! s'esclaffait-il. Amenez les Viets !

Cora, serrant les deux sacs sur son cœur, passa en courant devant l'hélicoptère pour atteindre l'extrémité Est du toit. Elle se pencha sur le parapet. Brand et Tony se tenaient sur la corniche du quarante-neuvième étage.

— Envoie ! cria Brand.

Elle lui lança un sac qu'il attrapa et jeta par la fenêtre.

— Arrête cette putain de pluie, lui cria Tony. J'y vois rien !

Elle fit passer l'autre sac par-dessus le parapet. Tony leva les bras pour le prendre mais le rata. Le sac poursuivit sa descente vers la rue. Il voulut le rattraper, glissa et tomba de la corniche.

— Enfer et damnation ! hurla Brand.

Il sauta après le sac, se métamorphosant en disparaissant dans le vide.

Tony parvint à s'accrocher à la corniche et resta là, suspendu par les bras, à gigoter et à brailler.

Cora se retourna.

Eddie se tenait derrière elle et la regardait d'un air incrédule.

— Mon Dieu ! murmura-t-il. *Vous ?*

## XXXI

Tout en bas, dans Holland Avenue, le flic mongoloïde ferma violemment le capot cabossé de sa voiture de patrouille. Il écumait.

— M'sieu l'agent ! (Un petit mec coiffé d'un chapeau melon arrivait au petit trot en montrant l'immeuble du doigt.) Regardez, m'sieu l'agent ! Je ne crois pas me tromper en disant qu'il y a, là-haut, deux personnes debout sur une corniche ! Regardez ! Là-haut ! Sur la corniche ! Regardez !

Le flic le regarda méchamment.

— C'est vous qui avez fait ça, fumier ?

— Je vous demande pardon ?

— C'est vous qui m'avez lancé un pot de fleurs ?

— Un pot de fleurs ?

— Oui, un pot de fleurs !

— Moi ? Non !

— Qu'est-ce que vous avez sur la tête ?

Le petit mec n'entendit pas la question du flic car, à cet instant précis, le gros sac tomba du ciel et atterrit en plein sur son melon, l'assomma et l'étendit, sans connaissance, sur le trottoir.

Le flic leva la tête.

Une chauve-souris passa au-dessus de lui et voleta d'un côté de la rue à l'autre.

Puis un homme nu apparut sur le trottoir.

— Je vous demande pardon, dit Brand en prenant le sac et en l'emportant.

Il tourna le coin de la rue. Le flic resta un moment immobile et perplexe, puis il cria :

— Bougez plus !

Il sortit un revolver et tira.

La balle frappa violemment le pare-brise de sa voiture de patrouille. La vitre s'étoila.

*

Là-haut, sur la terrasse, Eddie tira aussi.

Cora, qui se tenait devant lui contre le parapet, sembla se dissoudre et disparut. Une chauve-souris s'éleva dans les airs et s'éloigna du toit à tire d'aile.

— Une chauve-souris, grogna-t-il en braquant son .45 dessus et en tirant.

Elle descendit en volant jusqu'au 49e étage et se transforma en se posant, en équilibre instable, sur la corniche. Toujours suspendu par les bras dans le vide, Tony essayait en vain d'opérer un rétablissement.

— Le sac ! gémit-il. Merde alors, Cora, j'ai laissé tomber cette connerie de sac !

— Ça va. Brand est allé le chercher.

Prenant Tony par les poignets, elle le hissa près d'elle sur la corniche.

Ils sautèrent dans la bibliothèque par la fenêtre.

— Où est l'autre sac ? demanda Tony en haletant. Nous l'avons ? Où est-il ?

— Le voici.

Le sac était là, par terre. Tony le ramassa.

— Ah, au poil ! Formidable ! (Il caressait le sac. Il était si surexcité qu'il avait une voix d'asthmatique.) Nous avons réussi, alors, hein ? Nous avons réussi notre coup !

— Presque, dit-elle en riant. Nous avons réussi, disons, à cinquante pour cent. (Elle prit ses vêtements et se mit à s'habiller.) Je n'en reviens pas ! *Peg !*

— J'aurais bien aimé que tu m'apportes des vêtements, dit-il d'un ton de reproche.

— Non mais, tu te rends compte ? Peg ! Vraiment, je n'en reviens pas ! C'est phénoménal ! Peg ! Et un hélicoptère !

— J'aime pas du tout me trimbaler cul nu !

— Qu'est-ce que ça peut faire ? Tu n'as vraiment rien à cacher.

— Ah, ce que tu es drôle ! Je ne te savais pas tant d'humour ! Je suis plié en deux !

— C'est dingue ! *Peg !* Et on tente le même coup la même nuit ! C'est pas vrai !

— Et si quelqu'un me voit ?

— Personne ne te verra. Allez, viens !

Il mit le sac sur son épaule et la suivit dans le bureau puis dans le couloir. La porte de l'ascenseur était encore ouverte et la lumière clignotait. Ils entrèrent dans la cabine. Cora appuya sur le bouton du hall. Rien.

— Ça ne marche pas ! s'écria-t-elle.

— Il n'y a pas un autre putain d'ascenseur ?

— Au quarante-quatrième étage...

Ils se mirent à ouvrir des portes, en espérant trouver celle qui donnait sur la cage d'escalier. Ils virent ainsi un placard, une chiotte, un autre placard, une réserve, une autre chiotte.

— Où est-ce que c'est ? fit Tony d'un ton rageur.

— Nous y voilà !

Elle ouvrit la porte qui donnait sur l'escalier de secours. Ils descendirent quatre à quatre jusqu'aux quarante-huitième, quarante-septième, quarante-sixième et quarante-cinquième étages.

Sur le palier du quarante-cinquième, ils tombèrent sur un couple nu, en train de copuler bruyamment.

— Ouououou, oui ! râlait la dame. Oui, oui ! Allez, *Allez ! Alleeeeez !*

— Une augmentation ! gémissait le gars. Je veux une augmentation ! Vous entendez, Miss Adams ? Une augmentation ! *Une AUGMENTATION ! Aughhh !*

— Qui est-ce ? chuchota Tony.

— Je ne sais pas.

Ils les enjambèrent.

— Non, sérieusement ! Qui c'est ?

— Comment veux-tu que je le sache ?

Les vêtements des deux amants étaient éparpillés par terre. Tony prit une paire de chaussures, un pantalon, une veste. Quand ils furent sur le palier du quarante-quatrième étage, il donna le sac à Cora et s'habilla rapidement.

— Qu'est-ce qu'ils fichent là ? demanda-t-il.

— Ça ne se voit pas ?

— Non mais, vraiment, qui ça peut bien être ?

— Qu'est-ce que ça peut foutre ?

Elle ouvrit la porte de sortie.

L'éclairage brillant leur fit mal aux yeux. Un vacarme de voix et de musique faillit les rendre sourds.

*

Une folle soirée faisait rage dans le couloir central et dans tous les bureaux du quarante-quatrième étage. Au son d'une musique enregistrée, tonitruante, des centaines de gens, coiffés de chapeaux en papier, dansaient, titubaient, renversaient whisky et autres boissons alcoolisées et jetaient en l'air des poignées de confettis.

Une grande banderole peinte à la main et épinglée au mur clamait :

JOYEUX ANNIVERSAIRE,
MONSIEUR SIMONOWITZ !

Tony reprit le sac. Le tenant contre la veste volée pour cacher sa poitrine nue, il suivit Cora qui s'engageait dans les festivités, en s'efforçant de ne pas se faire remarquer.

Une fille assise par terre lui saisit la jambe.

— Celui-là n'a pas de chaussettes ! brailla-t-elle. Où sont tes chaussettes, mon salaud ? Qu'est-ce que t'as fait de tes bon Dieu de chaussettes ? Ça, j'aimerais bien le savoir !

Il l'écarta d'un coup de pied.

Une grosse femme se rua sur eux. Menaçant Cora du doigt, elle glapit :

— Écoutez-moi ! Staline, Herbert von Karajan, l'Ayatollah Khomeini et Woody Allen sont les quatre sommets les plus grandiloquents du XXe siècle !

Elle s'écroula en gargouillant.

Cora baissa les yeux sur la dame et dit :

— Ouaouh !

— Avance, dit Tony en la poussant dans la foule.

Ils passèrent devant un classeur sur lequel un homme, debout, jonglait avec des verres. Un peu plus loin, un garçon de courses, armé d'un stylo-feutre, dessinait d'énormes phallus sur le mur. Un ivrogne portant une fille évanouie dans les bras les aborda en disant à Tony :

— Hé ! On échange ? Allez, on échange ! Voici Miss Brunswick de la comptabilité. C'est un vrai feu d'artifice !

Tony les écarta brutalement et ils poursuivirent leur recherche d'un ascenseur. Ils trouvèrent une volée de marches qui descendaient à une mezzanine. La foule y était encore plus dense qu'au-dessus. Armé d'une hache, un jeune homme essayait d'abattre une porte.

— Ouvre-moi, Gladys, ouvre-moi ! criait-il. Je sais que tu es là, Gladys ! (Il se tourna vers Cora.) Aidez-moi à fracasser la porte. Ma secrétaire est là-dedans avec le chef du personnel !

Cora ouvrit la porte. Trois couples dévêtus tombèrent d'un placard ; imbriqués les uns dans les autres, ils ne formaient qu'un paquet de jambes et de bras.

Tony s'approcha d'un homme âgé, style cadre supérieur, qui ne semblait pas avoir bu et se tenait à l'écart des autres, dont il observait le comportement hystérique avec un dégoût manifeste.

— Merde, lui dit Tony. Où se trouve l'ascenseur ?

— Vous êtes congédiés, lui répondit l'homme d'une voix grave. Tous. Congédiés ! Tous autant que vous êtes ! Je ne veux pas de racaille dans mon entreprise ! (Il désigna Cora.) Vous aussi. Congédiée.

Sortant une trompette d'enfant de sa poche, il la porta à ses lèvres, fit *tut, tut* et s'en alla.

— Il n'y a peut-être pas d'ascenseur, dit Cora. Nous sommes peut-être coincés ici comme les personnages des *Dix Petits Nègres* d'Agatha Christie.

Un homme noir se planta devant elle.

— Qu'est-ce que vous dites ? grogna-t-il. Dix petits *quoi ?*

— L'ascenseur ? demanda Tony. Où est l'ascenseur, mec ?

— Je vous défends de m'appeler « mec » ! Sale petit Blanc ! dit le Noir en lui donnant un coup agressif sur l'épaule. Je fais partie du conseil d'administration et vous m'appellerez « monsieur ».

— Nous cherchons l'ascenseur, monsieur, dit humblement Tony. Nous voudrions nous en aller.

— Voilà qui est mieux. Suivez-moi. Je vais vous montrer. (Il les précéda dans la mezzanine.) Charmante soirée, n'est-ce pas ?

— Ouais, dirent en chœur Tony et Cora.

— D'habitude, je ne suis pas partisan de ces petites sauteries. Je suis d'avis que les différentes catégories de personnel devraient être rigoureusement séparées. Cependant, je reconnais qu'il est bien agréable, de temps en temps, de pouvoir s'envoyer toutes ces petites secrétaires. En avez-vous bien profité ?

— Oh oui, répondit Tony. Je n'ai pas arrêté de fourailler.

— Je vous prie, minauda Cora, de bien vouloir excuser mon allusion mal à propos au roman policier d'Agatha Christie.

— N'y pensez plus. Après tout, le racisme vieux jeu de Miss Christie était pittoresque plutôt qu'offensant. D'ailleurs, je crois me rappeler que le meurtrier de l'histoire en question était, finalement, un Blanc. Voici mon bureau. J'ai cinq téléphones dont les numéros ne figurent pas à l'annuaire. (Il ouvrit une porte.) Vous pouvez utiliser mon ascenseur particulier.

Il entra dans une réserve vide. Ils le suivirent innocemment sans se douter de rien. Il ferma la porte derrière eux et sortit un Colt Python de sa ceinture.

— Très bien, dit-il en ricanant. Passez-moi le sac.

## XXXII

À bout de souffle et nu, Brand, chargé de son sac, s'engouffra dans une porte de la Troisième Avenue au moment où une voiture de police arrivait, sirène hurlant.

La voiture de patrouille au capot cabossé et au pare-brise étoilé passa et s'éloigna.

Enfer et damnation ! Les égouts ! Il fallait qu'il descende dans les égouts avant que tout cela ne tourne à la catastrophe !

Il traversa l'avenue en courant et s'engagea dans une transversale.

Où était-il ? Lee Row. À plus de deux kilomètres du parc de stationnement de Highsmith Street. Il n'y arriverait pas. Il lui fallait trouver une autre plaque d'égout dans les plus brefs délais. Quelle était la plus proche ? Il y en avait une dans Melville Street et une autre dans Millay Boulevard... Oui, c'était la plus proche. Trois minutes de marche en allant vers l'est.

Il courut sur le trottoir, épuisé, haletant.

Mille tonnerres ! Et si quelqu'un jetait un coup d'œil par la fenêtre et le voyait...

— Hé, vous, là-bas ! Salut !

Il s'arrêta et pivota.

Un aveugle venait vers lui en tapant avec une canne blanche contre le bord du trottoir.

— Pardon, Monsieur... est-ce bien Lee Row ?

— Oui, c'est ça.

— Ah bon. Je n'en étais pas sûr. Pourriez-vous me conduire jusqu'au 78 ? C'est du côté gauche.

— Le 78 ? Bien sûr. (Brand le prit par le bras et lui fit traverser la rue.) C'est là... (Maintenant, il souriait. Formidable ! Quel coup de pot ! Il n'aurait qu'à donner au gars un petit coup sur la tête et lui piquer ses vêtements !) Attention à la marche !

— Vous êtes très aimable. Merci.

— De rien, de rien.

— Mon chien d'aveugle est chez le vétérinaire, expliqua le non-voyant. La pauvre bête s'est pris la queue dans une porte battante.

— Quel malheur !

— Je m'appelle George Lobkowitz.

— Et moi, Pierre Ambroise de la Tour d'Auvergne.

— Enchanté.

— Lobkowitz, vous dites ? Mon Dieu ! Ne seriez-vous pas parent du Prince von Lobkowitz, de Vienne ?

— Non, je ne crois pas.

— Beethoven lui dédia six quatuors à cordes en 1801. L'Opus 18 en do mineur, en fa majeur, en sol majeur, en ré majeur, en si bémol majeur et en la majeur.

*Ouout ! Ouout ! Ouout ! Ouout !*

La voiture de police venait de tourner le coin en dérapant, juste devant eux.

— Nous y voici ! Le numéro 78. (Il le fit entrer par une porte à demi ouverte, dans un couloir obscur.) Attention à la marche !

*Ouout ! Ouout ! Ouout !*

Il s'adossa au mur, essoufflé, serrant le sac contre lui, s'attendant à entendre un grincement de freins et des pas lancés à sa poursuite.

Mais la voiture continua et les appels de sa sirène s'éloignèrent.

Il se détendit. Sa peau nue était couverte de sueur.

— Je suis au rez-de-chaussée, dit l'aveugle en montrant l'endroit avec sa canne. Là, au fond. Cela ne vous ennuie pas de m'emmener jusque-là, Pierre ? J'ai peur de me casser la jambe.

— Avec plaisir.

— Désolé, il n'y a pas de lumière.

— Ça ne fait rien. J'y vois la nuit.

Il le conduisit, le long d'un couloir malodorant, jusqu'à une porte tout au fond. L'aveugle tendit le bras, tourna la poignée et ouvrit la porte. Puis il poussa Brand brutalement et le fit entrer dans une cuisine crasseuse, non meublée.

Quatre clochards dépenaillés se tenaient là et semblaient les avoir attendus avec impatience.

L'aveugle ferma la porte en riant et s'y adossa.

— Regardez ce que je vous amène, les gars, dit-il fièrement.

L'air idiot, ils regardaient Brand. L'un d'eux fit, d'un ton geignard :

— Mais il est pas habillé !

— Il est pas quoi ? dit l'aveugle en essayant de toucher Brand. Qu'est-ce que tu dis ?

— Je dis qu'il est à poil !

— À poil !

— Nu comme un ver.

Brand s'accroupit, se maudissant, essayant de se faire tout petit. Une embuscade ! Cornegidouille ! Il s'était fait avoir comme un bleu ! Des bandits se servant d'un aveugle pour rabattre leurs proies ! La plus vieille combine du monde ! Et il s'était fait posséder ! Lui ! L'ancien membre de la bande des Pouilleux Lurons ! Quelle honte !

— Mais il a du fric sur lui, dit l'aveugle. Je sais qu'il a du fric. Je le sens ! Est-ce qu'il porte quelque chose, les gars ?

— Ouais, dit le plus grand des bandits en s'avançant. Il a un sac. Qu'est-ce qu'il y a dans le sac, mec ?

Il était plus jeune que les autres, avait un visage de bovidé, les yeux troubles et des mains comme des battoirs.

Brand grinça des dents. Il pensa désespérément, des pensées de *canis lupus*, car seul un loup pouvait faire peur à cette brute épaisse. Il chercha les rimes adéquates... arrache son cœur... fais-lui très peur... attaque... sois démoniaque... jusqu'à ce qu'il craque... mordre sans miséricorde... égorger pour bien manger...

Il ne se passa rien.

— C'est du fric ? (L'aveugle tourna le pommeau de sa canne et sortit une lame d'épée impressionnante de son fourreau.) C'est bien ça, hein, les gars ? Du *fric ?*

— Ouvrez le sac, ordonna le bovidé.

Brand se mit à trembler. C'était un désastre ! Pas de métamorphose ! Rien du tout ! Dieux du Parnasse et de l'Olympe ! Il avait dû consommer ses dernières ressources d'énergie en fuyant ! Il était vidé ! Catastrophe ! Il lui faudrait se défendre à mains nues ! En était-il seulement capable ? Enfer et damnation ! Ils fouillaient sous leurs manteaux crasseux et sortaient, qui une badine, qui un coup de poing américain, qui un pic à glace ! Et ce salaud d'aveugle qui le menaçait de sa vacherie de coutelas. Oh, misère !

— Ouvrez-le !

— Non !

— Ouvrez-le, vous entendez ?

— Je ne l'ouvrirai pas !

Deux des bandits saisirent le sac et tentèrent de le lui arracher. Il s'y agrippait de toutes ses forces.

— Lâchez-le !

— Non !

— Lâchez-le, je vous dis !

— Jamais !

— Que fait-il (L'aveugle agitait son épée.) Que se passe-t-il ?

Brand joua un dernier tour, car il se souvenait soudain d'une incantation de secours que lui avait enseignée Robin des Bois. *Si, du loup, je n'ai pu emprunter l'existence*, clama-t-il, *par un autre moyen donnez-moi assistance*.

— Hein ? fit le bovidé en ouvrant de grands yeux.

— Qu'est-ce qu'il a dit ? demanda l'aveugle.

Évidemment, cela ne marcherait jamais. Ces anciennes incantations marchaient rarement. Une assistance ! Quelle assistance ? Ah, si seulement Anthony était là ! Ou Cora, même. Personne d'autre ne pouvait l'aider. Il était seul. Fait comme un rat. Enfer et damnation ! C'était insupportable ! Intolérable !

C'est alors que quatre-vingt-cinq kilos de poulaga se jetèrent contre la porte et la défoncèrent, et qu'un flic au visage mongoloïde surgit dans la cuisine, revolver au poing.

— Bougez plus ! hurla-t-il.

Il continua d'avancer, tête baissée, traversant la cuisine comme une avalanche, éparpillant les bandits et s'écrasant dans l'évier.

— Qui est-ce ? Qui est-ce ? demanda l'aveugle en fendant l'air de son épée. Qui est-ce ?

Le sac dans une main, ses parties dans l'autre, Brand détala de la cuisine dans le couloir, du couloir dans la rue.

Il s'éloigna en courant dans la nuit, secoué par le rire.

## XXXIII

Dans la réserve de la mezzanine, au quarante-quatrième étage de la tour, Tony, au contraire de Brand, n'eut aucun mal à se transfigurer. Il lui suffit de penser à la nature inculte, aux Iroquois, à sa jeunesse en 1700. Quand le bandit armé lui enleva le sac et lui demanda :

— D'ailleurs, comment avez-vous fait, les gars, pour arriver sur le toit ?

Il répondit :

— Créatures déguisées... museau en couteau... yeux embrasés... gare au louveteau... *grrrr !*

Le veston, le pantalon et les chaussures volés se détachèrent de lui comme le firent sa peau et ses os, et le Noir se trouva confronté à un grand loup gris d'un mètre quatre-vingts, haut d'un mètre vingt, qui agitait une queue de soixante centimètres.

— C'est un gag ? demanda-t-il, les yeux exorbités.

Cora retira le Colt Python de sa main molle.

— Il ne sert à rien, dit-elle, à moins qu'il ne soit chargé de balles en argent.

Elle s'en servit pour le frapper derrière l'oreille. Il s'écroula.

Le loup le renifla, fourra son gros museau dans ses poches, puis recula en grognant, tenant un portefeuille entre ses mâchoires. Cora prit le portefeuille, l'ouvrit et en sortit un permis de conduire.

— Il s'appelle Jugurtha Swann. Et regarde ! Voilà Peg !

Elle avait trouvé une photo obscène, montrant Peg et deux gaillards, style Zoulous, en train d'accomplir un acte de triolisme.

Tony reparut.

— Jug Swann, ouais. (Il remit pantalon, chaussures et veste.) J'ai entendu parler de lui. Il fait partie du gang de Cooper Street.

— S'il nous a suivis jusqu'ici, dit Cora en glissant le Colt dans sa ceinture, les autres l'ont peut-être fait aussi.

— Alors, barrons-nous.

Il prit le sac et ils retournèrent dans la mezzanine.

La fête faisait toujours rage. Au moment où ils sortaient de la réserve, un plaisantin leur vida sur la tête une corbeille à papiers pleine de confettis. Quelqu'un d'autre les arrosa avec un siphon d'eau de Selz.

Ils se frayèrent un chemin dans la cohue, perdant rapidement le sens de l'orientation. L'ivrogne qui les avait déjà arrêtés proposa un nouvel échange à Tony. Il traînait maintenant deux filles dans les pommes.

— Deux contre une, lui dit-il. Elles sont pleines de vie. Pétillantes comme le champagne.

— Elles m'ont l'air plutôt à plat, dit Tony en l'écartant.

Un petit homme rondouillard, coiffé d'un chapeau de pirate, se précipita sur Cora.

— M. Simonowitz vient de me virer, gémit-il. Il m'a viré ! Comme ça ! Sous prétexte que j'avais bu quelques verres et que je m'amusais avec le petit garçon de courses si mignon du service de publicité. Je ne lui faisais que des chatouilles.

— Il n'y a rien de mal à ça.

— Non, bien sûr. Mais Simonowitz a débarqué dans les chiottes et il m'a dit que j'étais un sale ivrogne dégénéré et il m'a fichu à la porte ! Moi qui suis dans la maison depuis vingt-cinq ans ! Viré !

— Il m'a virée aussi, lui dit Cora. Où est l'ascenseur ?

— Sans blague ! Vous aussi ! Qu'est-ce que vous allez faire ?

— M'inscrire au chômage. Vous savez où est l'ascenseur ?

— Quelque part par là. Moi, j'ai l'intention de me suicider, tout de suite !

Elle lui tendit le Colt.

— Très bien, tenez. (Elle empoigna Tony et l'attira derrière une cloison.) Attention ! (Elle le fit reculer contre le mur.) Tu as l'air d'un homme-loup !

Il se tourna et baissa les yeux. La queue touffue,

longue de soixante centimètres, pendait sous sa veste.

— Merde ! (Il la fourra dans son pantalon.) J'ai encore loupé ma transmutation. (Un coup de feu retentit.) Comment fait-on pour sortir de cette maison de fous ?

Une femme passa en courant. Elle couinait :

— M. Penn vient de se tirer une balle dans la tête. Il y a de la cervelle plein la mezzanine !

— La mort de M. Penn nous fait bien de la peine, railla un petit malin.

— La vache ! murmura Tony.

Cora leva les bras au ciel.

— Je commence à en avoir ma claque, de ce cirque ! C'est effarant ! Qui est-ce qui organise cette soirée ? Kafka ?

Ils trouvèrent une autre volée de marches et descendirent à un autre niveau. Un homme en sous-vêtements, l'air éploré, s'approcha d'eux en titubant.

— Ils veulent pas me rendre mon costume, leur dit-il d'un ton geignard.

— Hé ! beugla quelqu'un. Qui est-ce qui a fichu des trombones dans les sandwiches ?

Ils passèrent devant une montagne de gens couchés les uns sur les autres et agglutinés en une masse gluante. Une fille parvint à s'en extraire. Tony lui demanda :

— Où se trouve l'ascenseur ?

Deux secrétaires s'avancèrent en se tordant de rire. Elles se mirent à deux pour lui arracher le sac qu'elles emportèrent en courant. Tony hurla et se lança à leur poursuite.

Cora voulut les suivre mais, avant qu'elle ait pu bouger, deux bras la saisirent, la soulevèrent et lui firent passer une porte.

— Je vais te montrer, moi, que je suis pas pédé !

C'était un petit mec baraqué vêtu d'un blazer rouge.

Il la colla sur un bureau et lui remonta les jambes. Il défit la ceinture de son pantalon.

— Je vais te montrer, moi, ce que c'est qu'un macho ! Tu vas voir ça ! Tu pourras raconter à tes copines comme tu trouves ça bon !

Elle regarda la pièce derrière elle. Quatre filles, couchées par terre, s'adonnaient à un cunnilingus quadrilatéral extrêmement compliqué. Plus loin, dans le mur, du fond, il y avait une porte métallique. À côté, sur une plaque, se trouvait un bouton.

Un ascenseur ! Eurêka !

Elle essaya de repousser Blazer Rouge, mais il la serrait comme un étau et clouait ses hanches et ses cuisses contre la table.

— Allez, mugis un peu ! (Il sortit une main de sous la jupe de Cora et la frappa.) Allez ! Meuh, la vache ! Meuh ! Meuh !

Ceci eut pour effet de la distraire. Alors qu'elle se concentrait fiévreusement pour se muer en louve afin de déchiqueter ce petit salaud, ses rimes furent brouillées par les mugissements de l'imbécile. Cela donna : hurlant... paissant... morsure... pâture... meuh-meuh... vache... vague... buée...

nuée... fumée... et elle se glissa hors de ses vêtements, s'éleva et devint... *rien !*

Elle s'examina, stupéfaite de n'être plus qu'une tache... à peine un léger brouillard... un brin de brume, brusquement !

Blazer Rouge recula en titubant, en regardant, l'air incrédule, le petit tourbillon de fumée qui s'élevait devant lui. Ses pantalons tombèrent sur ses genoux.

— Où es-tu ? cria-t-il.

Cora l'entoura, l'enveloppa, telle une quintefeuille gluante.

Il gémit, tenta de s'enfuir, se prit les pieds dans sa ceinture et s'étala.

Elle s'éloigna et franchit la porte en flottant.

Une des filles qui étaient par terre leva les yeux et vit passer le brin de fumée. Elle crut aussitôt avoir perdu ses verres de contact et se mit à les chercher dans les pubis environnants.

*

Tony poursuivit les deux secrétaires hilares jusque dans un bureau. Elles lui firent face en tenant le sac entre elles.

— Donnez-le-moi, dit-il d'un ton suppliant.

Elles le lui présentèrent puis, quand il tendit les bras pour le saisir, elles le retirèrent.

— Dites « s'il vous plaît », ricana une des filles.

— S'il vous plaît, je vous prie, Hermione et Gigi, dit l'autre. Allez...

— Hermione, c'est moi.

— Et moi, Gigi.

— D'ailleurs, qu'est-ce qu'il y a, dans ce sac ? demanda Hermione.

— Rien.

— Je parie que c'est un cadavre découpé en morceaux.

— Ou des petites culottes, dit Gigi. Avouez que vous collectionnez les petites culottes.

— Je vais appeler les flics ! dit Hermione en décrochant un téléphone. Allô ! Police ! Au secours ! Je suis en train de me faire agresser par un obsédé sexuel ! (J'en ai de la chance !)

Tony bondit et lui arracha le combiné qu'il remit sur son support. Gigi traversa le bureau en portant le sac et ouvrit une fenêtre.

— Non !! ! hurla-t-il en fonçant vers Gigi.

— Attention là-dessous ! hurla Gigi en jetant le sac.

Hermione courut dans un coin où un sac de golf reposait contre un mur. Elle en sortit un club et se rua sur Tony. Il se baissa à temps. Le club brisa une lampe.

Gigi sauta sur Tony, l'attira par terre et lui tomba dessus. À nouveau, Hermione balança son club. Cette fois, elle s'y prit plus calmement et le frappa à la mâchoire. Tony tourna de l'œil.

— Ho ? brailla Gigi.

— Hisse ! conclut Hermione.

Elles le soulevèrent par les bras et les chevilles et le défenestrèrent.

Un tourbillon de fumée traversa la pièce comme une tornade en renversant les chaises, faisant voler tous les papiers et tomber les tableaux des murs. Il passa entre Hermione et Gigi, les séparant brutalement, les envoyant valser avec les meubles renversés.

Cora se coula par la fenêtre à la suite de Tony, lançant son nom dans un cri qui ressemblait au gémissement de sirène du vent.

Il était juste au-dessous d'elle, accroché par sa queue de loup à un mât pour drapeau fixé à un rebord du quarante-troisième étage.

Le sac s'y balançait aussi, car sa courroie s'était prise au pommeau de l'extrémité du mât.

Le petit nuage descendit et l'enveloppa d'air glacé.

— *Tony !* siffla-t-elle. *Réveille-toi !*

Au-dessus d'eux, penché à une fenêtre du quarante-quatrième étage, le cadre supérieur joua de sa petite trompette.

— Vous, là-bas ! cria-t-il. Vous ! Jeune homme !

Tony ouvrit les yeux. Il regarda en haut. Il regarda en bas.

— *Métamorphose !* souffla la brume, Chauve-sourise-toi !

Le mât se rompit. Tony et le sac plongèrent vers la rue.

— Vous êtes congédié ! cria le cadre supérieur à Tony.

# XXXIV

Brand arriva au petit galop dans une ruelle, suivi, au loin, par les sifflets et le martèlement, sur les trottoirs, des matraques des agents de police.

Il s'écroula par terre à l'abri d'un escalier de secours, et resta là, dans le ruisseau, tremblant et nu, le menton appuyé sur le sac.

Une voiture ! Enfer de merde ! Il lui faudrait piquer une voiture ! Mais d'abord, flûte et zut, il lui fallait trouver des vêtements ! Il n'était, en tout cas, plus question de chercher une plaque d'égout. Il ne savait même plus où il était car il avait couru pendant des kilomètres. Oh, misère ! Quelle fâcheuse situation !

Il regarda autour de lui.

En face de lui, de l'autre côté de la ruelle, il y avait une fenêtre ouverte. Il se leva fort péniblement ; ses articulations craquaient comme des brindilles. Il s'approcha de la fenêtre et, prudemment, regarda par-dessus le rebord. Ses yeux infrarouges illuminèrent l'obscurité d'une pièce où il vit une rangée de manteaux et de chapeaux accrochés à des patères, et une rangée de chaussures sur le sol.

Il jeta le sac dans la pièce et escalada le rebord. Il fut saisi par le silence empreint d'une odeur rance de transpiration masculine. Se trouvait-il dans un vestiaire ? Un asile de nuit ? Un institut de massage ? Aucune importance ! Il n'y faisait qu'un aller retour, discret et silencieux, ni vu ni connu !

Il prit un manteau, l'enfila, attrapa un chapeau et le mit sur sa tête. Puis il glissa ses pieds dans une paire de caoutchoucs. Ah, nettement mieux ! Au petit poil ! Il fouilla dans ses poches et y trouva un paquet de cigarettes, trois pièces de vingt-cinq *cents*, cinq pièces de dix *cents*, six pièces d'un *cent*, des gants, une tablette de chocolat, un paquet de chewing-gum, des cure-dents et des allumettes.

Il débarrassa la tablette de chocolat de son emballage et la mit dans sa bouche. Chocolat au lait ! Aux noisettes ! Divin ! Un présage, comme dirait Cora. La situation s'améliorait.

Il ramassa le sac, retourna près de la fenêtre... à l'instant même où une voiture arrivait dans la ruelle. Les freins grincèrent, sur le toit un clignotant rouge et jaune étincela.

Une voiture de patrouille ! Vacherie !

Il ferma vite la fenêtre, traversa la pièce sur la pointe des pieds, trouva une porte, l'ouvrit, et s'avança dans un couloir brillamment éclairé.

La première chose qu'il vit fut un groupe de huit flics en colonne par deux, qui arrivaient droit sur lui, l'air menaçant.

Avant même qu'il ait pu reculer ou s'affoler, ils avaient défilé devant lui, sans même un regard dans sa direction.

Ce qu'il vit ensuite, c'était sa tenue. Il était vêtu d'un pardessus et d'une casquette de flic !

Mille tonnerres ! Il avait atterri dans un commissariat !

Puis un haut-parleur brailla : « O'Keefe ! Présentez-vous tout de suite au bureau du capitaine, O'Keefe ! »

Derrière lui, la porte se ferma avec un déclic. Il pivota et tenta de l'ouvrir. Elle était fermée à clé. Il tourna la poignée de toutes ses forces. Elle lui resta dans la main.

*

Il jeta la poignée dans une corbeille à papiers et, l'air nonchalant, se dirigea vers une autre porte. Il l'ouvrit... bondit en arrière quand deux... quatre... six policiers en civil sortirent d'une salle des inspecteurs.

— Vous avez vu O'Keefe ? lui demanda l'un d'eux.

— Ouais, euh, graillonna Brand avec rudesse. Il est, euh, en haut, je crois.

— Allez le chercher. Dites-lui que le capitaine le demande.

— Un million, qu'est-ce que ça peut lui foutre, à Argoli ? demanda un autre. Il peut se le payer.

— Un million deux cent mille, dit un autre.

Ils se remirent à marcher. Brand aussi — dans le sens contraire.

Qu'avait-il dit ? Hein ? *Un million deux cent*

*mille ?* Nom d'un petit bonhomme. C'est ça qu'ils avaient embarqué ? Saperlotte ! Ce n'était pas possible ! Tous les Plantagenet mis bout à bout n'avaient jamais possédé tant d'oseille ! Ni les Lancaster ! Ni les York ! Pas plus que les Tudor ! Fichtre !

Il sortit de sa poche un paquet de chewing-gum et mastiqua une plaquette, dans l'espoir d'être un peu moins voyant qu'il en avait l'impression. Il ouvrit une autre porte, la franchit.

Il se retrouva sur une estrade puissamment illuminée, à côté — enfer et damnation — de quatre minables alignés côte à côte.

— Ouais ? cria quelqu'un qui se trouvait dans le noir, au-delà des lumières. Que voulez-vous, agent ?

— Je, euh... (Brand posa le sac sur son épaule et se cacha derrière.) Je cherche, euh, O'Keefe. Le capitaine veut le voir.

— Il est en bas.

— D'accord, merci !

Il retourna, vite, vite, dans le couloir.

Tout en grommelant, il s'avança plus avant dans le commissariat. Les caoutchoucs collaient à ses pieds comme des sables mouvants. Malédiction ! Encore une vacherie d'embuscade ! Et, encore une fois, il s'était laissé piéger comme un triple sot ! Quelle ironie du sort de merde ! Était-il condamné à ne jamais dépenser un *cent* de ces fabuleux $ 1 200 000 ? Le triomphe de cette nuit devait-il s'achever ici, ignominieusement ; dans une fosse grouillante de policiers vengeurs ?

Le haut-parleur se remit à crachoter : « Cela fait plus d'une heure que le lieutenant Boyle attend son café et ses beignets. »

— Hé ! Vous, là ! dit un sergent en l'arrêtant. C'est vous qui venez du bureau du D.A. ?

Brand avala son chewing-gum et répondit d'une voix étranglée :

— Euh, ouais.

— Ce sont les échantillons du labo ? Donnez-moi ça.

Il attrapa le sac et l'emporta.

Brand resta un instant pétrifié. Puis il se précipita derrière le sergent.

— Un instant, euh, sergent !

— Quoi ?

— Je, euh, suis chargé de donner ça (il tendit le bras vers le sac) à, euh, O'Keefe.

— O'Keefe, c'est moi.

Il se dirigea vers un escalier. Puis une femme-agent sortit d'un bureau en criant :

— Téléphone, Sergent O'Keefe !

O'Keefe rebroussa chemin et jeta le sac à Brand en lui disant :

— Mettez-le dans mon bureau.

— D'accord, dit Brand en attrapant le sac et en le serrant amoureusement contre son cœur.

Mille tonnerres ! Il l'avait échappé belle ! Merde alors ! Ouf ! Bredouillant de soulagement, il courut à une autre porte, l'ouvrit.

L'aveugle, titubant, lui tomba dans les bras.

— Je ne suis pas au courant d'un hold-up ! cria-t-il. Qu'est-ce que vous voulez ? Me faire inculper sous de fausses accusations ? Je veux un avocat ! Qu'est-ce que vous faites de mes droits ? C'est un coup monté !

Quatre inspecteurs l'empoignèrent et le firent reculer dans la pièce. La porte se referma.

Le haut-parleur recrachota : « Le lieutenant attend toujours son café et ses beignets. »

Brand essaya encore une demi-douzaine de portes. Elles étaient fermées à clé. Une autre, là où le couloir faisait un coude, était entrouverte. Il regarda à l'intérieur.

— Ah, vous voilà ! (Un homme en blouse blanche sortit de derrière le comptoir de ce qui semblait être une quincaillerie, et lui tendit une feuille.) C'est pas trop tôt ! Signez là. J'allais partir.

Brand gribouilla une signature sur la feuille.

L'homme en blouse blanche prit un lourd fusil mitrailleur Browning Automatic sur une étagère et le lui donna.

— Faites attention au boîtier de la détente. Il est un peu lâche. Bonne nuit.

Il poussa Brand hors de la pièce et ferma la porte d'un coup de pied.

— Bonne nuit, répondit Brand en soupirant.

Chargé du sac et du fusil pesant, il tourna dans le couloir et passa encore devant bien des portes.

Une jolie femme-agent apparut à l'une d'elles.

— Vous avez le café et les beignets de Doyle ? demanda-t-elle.

— Non, M'dame.

— Vous voulez bien mettre ceci dans la boîte aux lettres en partant ?

Elle lui donna plusieurs grosses enveloppes.

— Oui, M'dame.

— Et donnez ça à l'inspecteur Caldecott.

Elle posa sur le sac une épaisse liasse de papiers.

— Oui, M'dame.

Il s'en alla d'un pas traînant, aussi lourdement chargé qu'un porteur de safari. À ce moment-là, une autre porte s'ouvrit et un homme apparut, portant un marteau de forgeron.

— Moi, dit-il en bâillant, j'en ai ma claque. Je rentre chez moi.

— Oui, M'sieur.

— Tenez, dit-il en faisant signe à Brand d'approcher — ce que Brand fit à contrecœur —, portez ça au bureau de Guthrie. (Il lui donna le marteau.) Et ça. (Il ramassa un jerrycan et le coinça sous le bras de Brand.) Ce sont les pièces à conviction A et B.

— Oui, M'sieur.

— Et si vous voyez Bellings, dites-lui de foncer au quarante-quatrième étage de la tour Titan. Il y a eu un suicide à quelques étages au-dessous de l'appartement d'Argoli.

— Oui, M'sieur.

— Exécution !

— Oui, M'sieur.

Croulant sous le poids des enveloppes, plus le sac, plus la liasse de papiers, plus le marteau de forgeron, plus le jerrycan, plus le fusil, Brand s'en alla en traînant ses caoutchoucs le long du couloir infernal qui n'en finissait pas.

« Nous faisons des essais », siffla le haut-parleur. « Un, deux, trois, quatre... zzzz... rrrr... huit, neuf, Pssss... »

Les genoux de Brand ployèrent. Il laissa tomber le jerrycan. Le choc fit sauter le bouchon et l'essence se déversa par terre. Brand posa le sac, le fusil et le marteau contre le mur, jeta les enveloppes, puis la liasse qui se défit, éparpillant tous les papiers.

« L'Agent Fairchild ne trouve plus son pardessus. Si quelqu'un le déniche, veuillez l'apporter au sergent de garde... zzzz... rrrrr... »

À côté de lui, sous une fenêtre, un banc semblait lui tendre les bras. Il s'y laissa choir avec soulagement.

— Va te faire voir, Agent Fairchild, grogna-t-il.

Un flic arriva au pas de course.

— Vous avez vu Gorky ou Smith ? demanda-t-il. Ou Guinzburg ?

— Non, grogna Brand.

Il fouilla dans sa poche, sortit une cigarette et une allumette qu'il gratta.

Une femme-agent passa :

— Défense de fumer, dit-elle sèchement. Et nettoyez ces cochonneries.

— Oui, M'dame.

— Allez, vite, ne restez pas assis comme ça !

Elle entra dans un bureau.

— Va te faire voir aussi, ma vieille.

Il alluma la cigarette et jeta l'allumette par terre.

Il resta un moment assis, à fumer tranquillement et à essayer de se rappeler d'autres incantations de secours que Robin lui avait apprises. Il y en avait une formidable à propos d'ail :

*Si, féroce, l'ail pue et même nous consume*
*Que ses exhalaisons nous enchantent et parfument*

— ou quelque chose comme ça. Mais ici, cela ne servirait à rien. Il y en avait une autre pour s'enfuir des prisons. Ah, voilà qui conviendrait à merveille ! Comment était-ce, déjà ?

*Clés, verrous, portes de cachot,*
*Devenez chaumes et fagots,*
*Et vous, hauts murs, veuillez crouler,*
*Vous enflammer, brûler, brûler.*

Baissant les yeux, il vit le flot de feu qui allait en s'élargissant et léchait ses caoutchoucs.

Il se leva d'un bond. La femme-agent se précipita hors du bureau.

— Au feu ! cria-t-elle d'une voix rauque.

Il prit le marteau et le balança contre la fenêtre. Il rebondit sur le verre sans y laisser la moindre éraflure.

— Qu'est-ce que vous faites ? hurla-t-elle.

Il jeta le marteau, saisit le fusil, visa et pressa la détente. Les balles de calibre 30 tonnèrent contre la vitre qui se désintégra.

— Arrêtez ! brailla-t-elle.

Il empoigna le sac, sauta sur le banc, plongea pardessus le rebord de la fenêtre et atterrit sur le trottoir.

## XXXV

Tony tomba jusqu'au vingtième étage avant de devenir chauve-souris. Le sac tourbillonnait à cinq mètres au-dessous de lui. D'un coup d'aile, il s'en rapprocha pour ne pas le perdre de vue. Cora arriva en volant près de lui et poussa des couics pour lui dire quelque chose. Ils plongèrent tous deux comme des Stukas en piqué, et s'abattirent sur Holland Avenue.

Le sac atterrit le premier... sur le toit d'une ambulance qui passait. Elle s'était déjà éloignée d'une centaine de mètres quand ils se transmuèrent sur le trottoir.

— L'ambulance ! cria Tony. Il est tombé sur cette vacherie d'ambulance !

— J'ai vu ! Où est la camionnette ?

— Là-bas, au coin !

Nus comme Adam et Ève, ils coururent à la camionnette de ramassage de chiens, garée dans

Jersey Street. Cora se mit au volant et Tony grimpa à l'arrière.

Ils se lancèrent à la poursuite de l'ambulance qui filait dans l'avenue.

L'hélicoptère sortit des nuages, vira autour de la façade ouest de la tour et les suivit.

*

Brand traversait à pas furtifs un terrain vague pour atteindre Columbia Street, quand il vit passer la camionnette de ramassage de chiens.

— Holà ! cria-t-il.

La camionnette s'arrêta non loin de lui, au feu rouge d'un croisement. Il piqua un sprint, ouvrit la portière et grimpa à l'arrière.

Deux énormes chiens-loups, accroupis dans l'obscurité, le regardaient d'un air méchant.

— Cora ! dit Brand, tout essoufflé. Anthony ! Morbleu ! Je suis bien content de vous voir ! Ah, mes enfants, quelle aventure ! Regardez ! (Il leur montra le sac.) Intact ! Où est l'autre ? (La camionnette démarra.) Ho ! Hé ! Qui est-ce qui conduit ?

Il regarda les chiens. Enfer et damnation ! C'étaient des *vrais !*

Avec des grognements féroces, les deux chiens se jetèrent sur lui. Son pardessus de flic lui évita d'être disséqué sur-le-champ. Les dents acérées déchirèrent les manches et le col, mais, avant qu'elles aient pu atteindre la chair nue, Brand roula par la portière et dégringola dans la rue.

Il rebondit sur le trottoir et s'étala près d'une cabine téléphonique en gémissant sur son triste sort.

Mille millions de tonnerres ! Une authentique camionnette de ramassage de chiens ! Ce n'était pas possible ! Cette nuit néfaste n'avait manifestement pas fini de lui en faire voir ! Zut et flûte ! Quand ces lutins de malheur auraient-ils fini de le faire enrager !

*Ououout-ououout — ououout !*

La voiture de patrouille cabossée vira sur les chapeaux de roue et fit hurler ses freins pour s'arrêter en dérapant et en tournant comme une toupie. Le flic mongoloïde en descendit d'un bond. Il était armé d'un pistolet d'alarme.

Brand se releva aussitôt et s'enfuit.

— Bougez plus !

Le flic tira. Il atteignit la cabine téléphonique qui disparut de la surface de la terre.

*

L'ambulance filait comme une flèche dans Buffalo Street. Elle tourna dans Lafayette Boulevard, avec le sac d'argent en équilibre sur son toit.

La camionnette de ramassage de chiens n'était plus qu'à cinquante mètres derrière. Cora conduisait tandis qu'à l'arrière Tony s'habillait tant bien que mal.

— Donne-moi quelque chose pour me mettre

sur le dos avant que quelqu'un me remarque ! cria Cora à Tony.

Il lui jeta l'anorak de Brand. Puis, comme il regardait par la glace latérale, il s'écria :

— Y a un hélicoptère, là-haut !

— Quoi ?

— Un hélicoptère ! Il nous suit !

— La police ?

— J'en sais rien ! Dis, Cora !

— Ouais !

— Qu'est-ce qu'on va bien pouvoir foutre ?

— On va récupérer le sac ! Qu'est-ce que tu veux qu'on fasse d'autre ?

— Tu crois qu'on pourra ?

— Bien sûr qu'on pourra !

— D'après toi, qu'est-ce qui a bien pu arriver à Brand ?

— Ça, alors... ! dit-elle en riant. Ne t'en fais pas pour lui, il n'a besoin de personne...

Un agent de police portant un gros sac sur son épaule déboucha en courant d'une rue transversale, juste devant la camionnette. Cora braqua violemment pour l'éviter. Puis, derrière le flic, une voiture de police bosselée, au pare-brise étoilé, arriva à fond la caisse sur le boulevard. Cora braqua encore pour l'éviter, la loupa de quelques centimètres, roula sur le trottoir, traversa une pelouse et fonça dans un mur.

La camionnette s'effondra, trembla, éclata en des milliers de pièces et de morceaux.

Cora eut juste le temps d'opérer une métamorphose ultra-rapide ; une fraction de seconde avant le choc, une chauve-souris sortit de l'anorak et par la vitre.

Coincé à l'arrière, Tony eut moins de chance.

*

Dans une arrière-cour de Thoreau Street, Brand trouva un bleu de travail sur une corde à linge. Il l'enfila et se débarrassa du pardessus de flic que les chiens avaient mis en lambeaux. Quand il repartit, coupant par une ruelle pour atteindre Jackson Avenue, il avait tout l'air d'un brave ouvrier rentrant chez lui, son sac d'outils sur l'épaule, après son travail dans une équipe de nuit. Il tomba dans un autre traquenard.

Une troupe composée d'une vingtaine d'hommes et de femmes brandissant des torches enflammées arrivaient vers lui, sous la conduite d'un vieux zélateur fanatique dont les longs cheveux blancs et gras étaient attachés en queue de cheval, et qui portait une lourde croix de bois sur l'épaule.

En les voyant, Brand s'arrêta net.

Eux aussi. Puis ils s'avancèrent en masse et formèrent autour de lui un demi-cercle embrasé.

— Présentez-vous, ordonna le vieux zélateur d'un ton lugubre, tandis que ses yeux de serpent à sonnettes brûlaient comme un volcan sacré.

Brand se retira sur un podium secret dans les fins fonds de son être et, là, tel un chef d'orchestre maussade, il agita sa baguette pour arrêter le concert et faire taire tous ses instruments. Il connaissait fort bien le talent de son adversaire pour déceler la moindre fausse note, la moindre vibration de terreur. Il fallait donc faire preuve de la plus totale tranquillité... non, peut-être pas... il ne fallait pas en faire trop... peut-être un cor de chasse solitaire jouant un air innocent et enjoué.

— Je suis, Monsieur, dit-il en se mettant au garde-à-vous, les épaules en arrière, le menton relevé, le Professeur Theodosius Permenides, de l'université d'Helsinki ; visitant vos rivages enchantés à l'occasion d'une année sabbatique, je regarde, je me distrais, j'obéis aux impératifs de ma nature vagabonde.

— Que faites-vous dans la rue à une heure pareille ?

— J'habite ici, Monsieur, dit-il en indiquant du pouce la maison derrière lui. J'étais descendu pour sortir les ordures.

Il posa le sac sur le trottoir, à côté de quelques poubelles.

— Comment osez-vous, coassa le saint homme, sortir de chez vous la nuit alors qu'un monstre rôde dans la ville ?

— Un monstre ? (C'était sans doute un test. Il ne devait pas savoir de quel genre de monstre il s'agissait.) Un monstre s'est échappé d'un cirque ?

— Un monstre de la nuit ! Un être nuisible ! Oui ! Une créature pernicieuse qui boit le sang humain ! Oui !

— Oh ! Et qui êtes-vous, Monsieur, vous, ces messieurs et ces dames ?

— Nous sommes une sainte milice, gémit le vieux zélateur avec volupté, qui avons juré de chasser ce démon et de le détruire ! Oui, le détruire !

— Le détruire ! clama le chœur antique. Oui !

— Alors, dit Brand en les saluant d'un geste, bonne nuit et bonne chasse.

Il fit demi-tour et se dirigea tranquillement vers la ruelle.

— Attendez ! cria le vieux fanatique. Êtes-vous prêt à vous soumettre au rituel sacré et purificatoire de consentement à la normalité divine ?

— Hein ? (Brand se retourna.) Je ne sais pas ce que cela veut dire mais... oui, je veux bien.

Le vieil homme prit sa croix, l'abaissa et la tendit vers Brand.

Celui-ci poussa un cri strident et se cacha les yeux.

— Attrapez-le ! cria le vieux fanatique.

Ils se ruèrent tous sur Brand, l'entourèrent et le jetèrent dans le caniveau. Une femme posa un long pieu sur sa poitrine. Un homme leva un maillet et l'abattit sur le pieu.

— Alléluia ! cria le vieux.

— Alléluia ! répondirent les autres.

Puis ils se reculèrent pour contempler leur victime d'un air triomphant.

Brand s'assit et les regarda en plissant les yeux.

— Bande d'imbéciles ! cria le vieux. Vous avez loupé son cœur !

Il empoigna le maillet et se précipita...

Une voiture de patrouille slaloma dans la foule. Le flic mongoloïde sauta à terre en brandissant un Thompson.

— Bougez plus ! hurla-t-il en tirant au-dessus de leur tête.

L'arme eut un recul, devint folle et continua à tirer. Deux miliciens s'écroulèrent, criblés de balles. Les autres s'enfuirent en braillant.

Tandis que le flic se débattait avec son arme déchaînée, Brand se mit debout, attrapa le sac et se précipita dans la ruelle. L'horrible pieu était toujours planté dans sa poitrine.

## XXXVI

La chauve-souris suivit l'ambulance qui remontait l'allée de l'hôpital Lafayette. Cora se retransfigura sous les arbres et regarda le véhicule s'arrêter devant la maternité ; deux internes en sortirent une civière et emportèrent une femme enceinte à l'intérieur du bâtiment.

Cora s'approcha en prenant soin de rester dans l'ombre du jardin et de cacher sa nudité dans les buissons.

L'ambulance repartit par l'arrière du bâtiment principal. Sans raison apparente, le sac glissa du toit et tomba dans l'allée.

Elle faillit crier de joie. Le sac était là, par terre, à une dizaine de pas. Et il n'y avait personne en vue. Maintenant ou jamais...

Elle fit un pas vers le sac. Des phares l'illuminèrent. Elle recula pour se mettre à l'abri des buissons. Un camion passa. Au même instant, un gardien sortit de l'annexe. Il cria :

— Hé, Sam ! Attends !

Le camion s'arrêta et le chauffeur passa la tête par la vitre. Le gardien s'approcha du sac.

— Tu as fait tomber ça !

Il ramassa le sac et le lança à l'arrière du camion.

Cora gronda de rage.

— Merci ! cria Sam en redémarrant.

Cora traversa la pelouse éclairée par le clair de lune, en filant comme une flèche. Quand le camion arriva à la grille, elle bondit par-dessus le layon et atterrit à l'arrière, sur quelque chose de doux comme un matelas.

Elle se mit à genoux pour conserver son équilibre, malgré les secousses, et observer le chargement. Le coffre était plein à ras bord de centaines de sacs de linge sale qui étaient tous la réplique du sac d'argent.

Elle se mit à chercher comme une folle.

*

L'accident avait eu lieu à moins de vingt mètres de l'hôpital Lafayette. D'ailleurs, le mur contre lequel la camionnette s'était écrasée faisait partie des dépendances de l'hôpital.

Par bonheur, quatre jeunes infirmières allaient entrer dans une cafétéria ouverte la nuit quand l'accident se produisit. En moins de cinq minutes, elles avaient sorti Tony des décombres, l'avaient étendu dans l'herbe et avaient arrêté les hémorragies en appliquant des garrots de fortune à ses bras et ses jambes. Puis elles confectionnèrent une litière douillette avec leurs capes et le transportèrent au service des urgences, en passant par une entrée latérale.

Il n'était pas grièvement blessé. Il n'avait pas de fracture, seulement quelques blessures superficielles. Tout autre accidenté normal aurait été considéré comme hors de danger, grâce à la hâte et l'adresse avec lesquelles les infirmières l'avaient secouru et soigné. Mais Tony n'était pas normal.

Il avait aussi perdu une grande quantité de sang.

— Qu'est-ce que c'est que *ça ?* demanda une infirmière avec stupeur.

Les autres le regardèrent, bouche bée.

Quand elles s'étaient portées à son secours, Tony était un jeune homme d'une vingtaine d'années. Maintenant, il avait les cheveux blancs, son visage avait jauni, s'était ridé et taché, et son corps s'était flétri et recroquevillé.

On aurait dit un homme de soixante-dix ans !

— Apparemment, dit une autre infirmière, il connaît une sorte de processus d'alternance.

— Il vieillit ! dit la troisième.

— Il a besoin d'une transfusion, déclara la quatrième. Vite !

Elles étaient seules. Le médecin de garde était quelque part en train de sauter une de leurs collègues, et les internes étaient descendus aux cuisines pour boire un café.

Elles n'avaient besoin de personne.

Elles transportèrent Tony dans la salle d'opération — où deux d'entre elles nettoyèrent et pansèrent ses plaies, tandis que les deux autres lui faisaient une transfusion de plasma sanguin.

Il reprit un instant connaissance, le temps de chevroter « Co...raaaah ! » et s'évanouit.

*

Le camion de linge sale fut arrêté par un barrage de police dans Sebastian Street. Une demi-douzaine de flics l'entourèrent.

À l'arrière, Cora eut le temps de s'enterrer sous une montagne de sacs, juste avant d'être encerclée par les rayons de torches électriques.

Elle entendit Sam dire aux flics :

— C'est que du linge sale. Qu'est-ce que vous cherchez ? Des secrets d'État ?

— Un million de dollars, mec, répondit un flic.

— Quoi ! cria Sam. Vous rigolez ? Y a pas autant de fric dans tout ce vaste monde !

Pour la forme, ils examinèrent rapidement un ou deux sacs puis firent signe à Sam de passer.

Cora resta un instant sous les sacs, pétrifiée.

Elle n'était pas sûre d'avoir bien entendu. Un million de dollars ? *Un million !* Bonté divine ! Alors, Eddie avait eu raison ! Ça alors ! Un million net d'impôt divisé par trois... $ 333 333,33 ! Effarant ! Quelle somme colossale ! Mon Dieu ! Gigantesque !

Elle eut un rire un peu hystérique. Elle se sentait excitée — chargée à bloc. Elle se caressa les seins, coinça un sac entre ses cuisses nues et fit tourner son bassin en se mordant les lèvres et en ronronnant. $ 333 333,33 ! Mazette ! Hourra ! Elle espérait que Brand avait toujours son sac... et où était le sien ?

Elle continua à chercher, ouvrant tous les sacs qui se trouvaient à sa portée, tandis que le camion allait de Sebastian Street à Denmark Avenue, puis grimpait une rampe d'accès qui conduisait aux entrailles d'un bâtiment.

Quand il s'arrêta, elle sauta par-dessus le layon et se cacha derrière un pilier.

Sam et un autre homme déchargèrent le camion, jetant les sacs sur une bande transporteuse qui les acheminait vers l'arrière du local. Elle les suivit, frôlant le mur, se glissant derrière une rangée d'énormes chaudrons, passant devant deux autres camions que l'on déchargeait. Quand ils furent loin derrière elle, Cora courut jusqu'à la bande et monta dessus. La bande la transporta bruyamment dans une caverne sombre, avant de descendre à pic pour déverser ses tonnes de chargement sur une glissière.

Sautant de la bande transporteuse, elle regarda en bas, atterrée.

En bas de la glissière, il y avait une gigantesque fosse, bourrée de centaines de milliers de sacs, tous identiques.

*

Dans la salle d'opération de l'hôpital, Tony se détériorait inexorablement, passant de soixante-dix à quatre-vingts, à quatre-vingt-dix ans, se changeant peu à peu en parchemin et en fossile.

Les quatre jeunes infirmières regardaient ce lent processus avec fascination.

— Je n'ai jamais rien vu de pareil, dit la première.

— Moi, oui, murmura la seconde. À Paris, en 1958. Une fille qui avait reçu une balle dans l'abdomen a été transportée à l'Hôpital Boucicaut. Pendant l'intervention, elle s'est mise à se désintégrer comme de la neige au soleil.

— Que lui est-il arrivé ? demanda la troisième.

— Eh bien, son corps s'est évaporé jusqu'au moment où il n'en est plus resté que des os sur la table d'opération.

Elles restaient là, émerveillées devant ce phénomène. La quatrième infirmière posa un stéthoscope sur la poitrine de Tony.

— Il vit encore, dit-elle.

Le docteur Kaltenbrunner, qui était le chirurgien de garde, vint les rejoindre.

— Qu'est-ce qui lui arrive ? demanda-t-il en examinant le malade avec indifférence. Encore un cas de morsure de chauve-souris ?

— Non, docteur, répondit la première infirmière. Un accident de voiture.

— Pauvre type ! Il a l'air posthume ! Quel âge a-t-il, d'ailleurs ? (Il se pencha sur la table.) Mon Dieu, c'est un Mathusalem ! Enfin, personne n'est éternel !

Il quitta la salle en sifflotant.

Une fois seules, les infirmières se regardèrent longuement.

— Un peu plus de sang ? suggéra la quatrième.

Il avait déjà eu trois transfusions. Elles lui en firent une quatrième.

## XXXVII

Dans une station-service de Vincent Road, près de l'autoroute, un pompiste qui avait sommeil faisait le plein d'une Volkswagen Golf.

— Pourquoi toute cette animation ? demanda l'automobiliste.

— De l'animation ? bâilla le pompiste en se grattant l'entrejambe. Où ça ? Je vois pas d'animation, moi.

— Un tas de gens, dans la rue, qui courent et qui

crient en brandissant des torches. C'est une fête ou quoi ?

— Ah, ceux-là ! C'est des milices. Ils cherchent des monstres.

— Des monstres ? Quels monstres ?

Comme en réponse à sa question, un grand type en bleu de travail, chaussé de caoutchoucs, arriva vers eux en titubant. Il portait un grand sac et avait un bout de pieu enfoncé dans la poitrine.

Il les écarta, grimpa dans la Golf et s'en alla.

Une horde de fanatiques au regard fou déboucha d'une ruelle, de l'autre côté de la rue. Le vieux zélateur à queue de cheval courait avec eux, portant sa croix à bout de bras.

— Annihilation ! rugit-il d'une voix rauque. Massacre ! Extermination ! (Il désigna le pompiste et son client, sidérés.) Ces deux-là ! Prenez-les ! Au pilori !

Une douzaine de miliciens, bavant d'excitation, les empoignèrent, les traînèrent sur le trottoir et, à coups de marteau, enfoncèrent des pieux dans leur corps.

La Golf n'avait pas fait cent mètres que le moteur cala.

Brand lâcha une bordée d'imprécations et actionna le démarreur.

La foule se précipita. Elle emplissait Vincent Road d'un trottoir à l'autre et fonçait sur la Golf comme un raz-de-marée. Elle se rua sur la voiture, une douzaine de mains tentèrent d'arracher les portières. Des maillets s'élevèrent et s'abattirent, plusieurs vingtaines de pieux martelèrent le capot, le toit, les vitres et les ailes.

— Alléluia ! braillait le vieux zélateur en frappant les phares avec sa lourde croix.

— Alléluia ! rugissait la foule.

Brand parvint enfin à remettre le moteur en marche et à leur échapper.

*

La dissolution de Tony prit graduellement fin. Ses cheveux se remirent à pousser, gris encore, mais ils fonçaient en se multipliant. Les coloris verdâtres de sa peau virèrent au jaune clair puis au rose bien portant. Il remonta le cours du temps, allant de soixante-dix à soixante à cinquante à quarante et enfin à trente années gaillardes.

— Je crois que nous l'avons rattrapé juste à temps, déclara la première infirmière avec satisfaction.

— Remarquable ! s'écria la seconde.

— C'est effrayant ! souffla la troisième.

— Ceux qui dorment et ceux qui sont morts, entonna la quatrième, ne sont que des images...

Elle fut interrompue par le Dr. Kaltenbrunner qui revint dans la salle et demanda :

— Il est mort ? (Il s'approcha de la table, regarda Tony et bégaya :) Qu... qu... qu... Bonté divine !

Les lèvres de Tony s'entrouvrirent.

— Cercueil... murmura-t-il. Mon cercueil... (Il ouvrit les yeux et s'assit.) Salut, dit-il en souriant.

Le chirurgien le regarda d'un air ahuri.

— Qu'avez-vous dit ?

— J'ai dit « Salut ».

— Vous avez dit « cercueil, mon cercueil » !

— Mais non !

— Si !

— Cercueil ? Non... accueil... j'ai reçu un accueil et des soins formidables. Quel *bon accueil...*

Le chirurgien se tourna vers les quatre infirmières.

— Il a dit « cercueil », n'est-ce pas ? Vous l'avez entendu ! « Cercueil » !

Les quatre jeunes femmes ne bronchèrent pas.

— Que m'est-il arrivé ? (Tony balança les jambes et se mit debout.) Pourquoi tous ces bandages ? Dites, quelle heure est-il ?

— Savez-vous ce que cela veut dire ? (Le Dr. Kaltenbrunner s'éloigna de la table en chancelant de peur.) Ne voyez-vous pas ? Son cercueil ! (Il désigna du doigt les bouteilles vides de plasma.) Et le sang ! Rajeunissement ! Du sang ! C'est une créature !

— Moi ? (Tony eut un rire creux.) Aha ! De quoi parlez-vous ? Une créature ? Aha ! Aha ! Aha !

— Voici la monstruosité responsable de l'hospitalisation de tous ces patients blessés à la gorge ! Lui ! La chauve-souris. C'est la chauve-souris ! Téléphonez immédiatement au bureau du District Attorney !

— À mon avis, c'est une très bonne idée, Docteur, dit la première infirmière.

Elle s'approcha de la porte, la ferma doucement et la verrouilla.

— Mais ceci est absurde ! protesta faiblement Tony en essayant de se lever. Je n'ai jamais rien entendu d'aussi aberrant, et... je... le...

La deuxième infirmière s'approcha du Dr. Kaltenbrunner, le saisit fermement par les poignets et lui tordit les bras derrière le dos.

La troisième infirmière le mordit à la gorge.

Tony les regardait avec stupéfaction.

La quatrième infirmière alluma une cigarette et s'assit à côté de lui, sur la table d'opération.

— Garde m'en un peu, Dolly, dit-elle.

— Il est bon ? demanda la première infirmière.

— Miam, miam ! fit Dolly en s'abreuvant goulûment.

La quatrième infirmière sourit à Tony et lui présenta ses consœurs en les désignant du bout de sa cigarette.

— Ça, c'est Dolly, et ça, c'est Cynthia. Voici Janice. Moi, je m'appelle Maggie.

— Enchanté de faire votre connaissance. (Tony agita mollement la main pour les saluer.) Je ne peux pas le croire ! Vous êtes toutes...

— Ouais, dit Maggie en hochant la tête.

— Toutes les *quatre ?*

— Bien sûr.

— À qui le tour ? demanda Dolly en s'écartant

du Dr Kaltenbrunner et en s'essuyant le menton dans sa manche.

Janice la remplaça.

— Eh bien, ça ! (Tony secoua la tête.) Ça alors ! C'est pas vrai ! (Il se laissa glisser à terre en s'agrippant à la table pour ne pas tomber.) Et Cora ! Elle aussi elle est là ?

— Qui est Cora ? demanda Maggie.

*

Telle une chèvre des Montagnes Rocheuses, Cora escaladait les promontoires de sacs de linge sale qu'elle ouvrait l'un après l'autre.

Depuis une demi-heure, elle en avait fouillé près de trois cents.

Dans l'un, elle avait trouvé un perroquet mort, dans un autre une planche à roulettes cassée, dans un troisième, deux godemichets.

Elle commençait à désespérer.

Dans le secteur de déchargement, les lumières étaient depuis longtemps éteintes. Elle était seule dans le bâtiment.

Vraiment ?

Elle tendit l'oreille. Quelqu'un bougeait dans le noir. Elle haussa les épaules. Si c'était un veilleur de nuit, eh bien, elle n'aurait qu'à le zigouiller. Elle n'allait pas se laisser arrêter par qui que ce soit.

Dans un autre sac, elle trouva une blouse sale. Elle l'enfila et la boutonna jusqu'au cou parce qu'elle commençait à sentir le froid.

Elle commençait aussi à sentir le matin approcher. Il s'avançait en douce, comme un lion affamé, prêt à la dévorer.

Mais elle ne se laisserait pas arrêter par cela non plus.

Merde ! À partir de maintenant, la seule chose qui comptait c'était ce million. Ça ou rien. Sans ce million, la vie serait insupportable ! La *vie ?* Enfin, ce truc qu'elle endurait depuis tant de décennies, quel que fût son nom. Si elle ne trouvait pas l'argent, elle attendrait tout simplement que l'aube arrive et l'emporte !

Le repos éternel !

Ah, mais c'est qu'elle le trouverait ! Certainement ! Mais oui !

Elle ouvrit encore dix... vingt... trente sacs.

Elle le trouverait, puis se cacherait quelque part dans un trou pour le restant de la journée.

Et ce soir, elle achèterait sa maison !

*

La Volkswagen, hérissée de pieux et pareille à un porc-épic, émettait des fumées et des cognements de protestations tandis que Brand la lançait, à cent à l'heure, dans le sens interdit d'une rue à sens unique.

Un taxi fonça vers lui en faisant hurler son avertisseur et en l'aveuglant de ses phares.

Braquant à fond pour l'éviter, Brand plongea dans des poubelles empilées sur le trottoir, heurta une charrette de colporteur arrêtée à l'entrée d'un passage, écrasa une bicyclette appuyée contre un mur, renversa une pyramide de cageots érigée au bord de la rue avant d'érafler une voiture garée.

Il tourna le coin sur deux roues, passa devant la station-service où gisaient les corps du pompiste et du propriétaire de la Golf.

Enfer et damnation ! Il était revenu dans Vincent Road !

Il vira dans une transversale et s'écrasa sur un poteau car il avait mal calculé.

Il ouvrit la portière d'un coup de pied, attrapa son sac, sauta sur le trottoir... et s'arrêta.

De l'autre côté de la rue, toute la milice, rassemblée dans un terrain vague autour d'un feu de camp, chantait un cantique à la gloire de Dieu.

Les fanatiques se tournèrent et regardèrent la Golf accidentée.

Le vieux zélateur, vacillant sous sa croix, sortit de la foule et tendit le doigt vers Brand en ricanant :

— Le voilà ! Apporter des pieux ! Apportez des pieux et de l'ail !

Brand détala à toutes jambes.

Ils le poursuivirent en hennissant comme une troupe de chevaux sauvages.

*

Cora ouvrit son millième sac de linge.

Elle leva les yeux vers la fenêtre juste au-dessus

de sa tête. Le ciel tournait-il au violet ou était-ce un effet de son imagination ?

T'occupe pas de ça, Cora.

Elle ouvrit un autre sac. Un autre et encore un autre.

— Ouais, fit une voix. C'est elle.

Elle se retourna.

Trois Noirs se tenaient au bord de la fosse et la regardaient. L'un d'eux était Jugurtha Swann, le bandit qui l'avait capturée pendant la folle soirée dans les bureaux du quarante-quatrième étage de la Tour.

Derrière eux, il y avait Peg.

— Salut, Cora, dit-elle en braquant un .357 Magnum.

## XXXVIII

— Où est le fric ? lui demanda Peg.

Tous quatre la regardaient méchamment. Trois trolls funestes, noirs comme l'encre, et un ange de colère, blanc comme neige, debout sur les rives sombres de l'Achéron.

Cora s'adossa au mur, soudain vidée de son courage et de sa détermination. Elle agita le bras pour indiquer la fosse.

— Ici, quelque part. Je ne sais pas.

— On dirait que c'est ça ! cria Jugurtha Swann en sautant dans l'abîme.

Il prit un sac et l'ouvrit. Il était plein de mouchoirs sales.

— Non, celui-là, là-bas.

Un autre bandit sauta et secoua un autre sac. Il en sortit des bas et des chaussettes, des soutiens-gorge et des slips.

Peg regarda la montagne de sacs de linge. Elle semblait ébranlée.

— Le pognon est *là ?* cria-t-elle d'un ton alarmé. Dans un de ces sacs ?

Cora sourit de sa déconvenue.

— C'est ça, dit-elle. Il n'y a que l'embarras du choix.

— Ça, quand même, c'était fort, reconnut Swann. Pas mal, cette idée de cacher le sac dans une ambulance, puis dans un camion de blanchisserie.

— Ouais, dit Cora en riant. Vraiment très fort.

— Oui, mais après ? Qu'est-ce que vous avez prévu après ?

— Rien, dit Cora en soupirant. Je n'avais rien prévu après.

— Elle nous fait marcher ! hurla Peg.

— Non, dit Swann qui regardait autour de lui en fronçant les sourcils. Elle a dû le perdre. Si elle l'avait, il y a longtemps qu'elle aurait filé. Elle ne s'amuserait pas à renifler du linge sale.

— Et comment ! dit Cora. Je ne serais pas restée pour vous attendre.

— Bon, alors, grogna Peg, trouvons-le et nous ne resterons pas là pour attendre non plus. (Elle frappa du pied.) Allons ! Allons !

— On y va ! dit Swann. (Il regarda Cora.) Mais d'abord, il faut éliminer la concurrence. (Il fit signe au bandit qui se tenait à côté de lui.) À toi de jouer, Nat. Pas de feu. Sers-toi d'une lame.

Le bandit grogna et s'approcha de Cora avec, dans la main, un couteau à cran d'arrêt.

Elle recula. Il fit un brusque mouvement en avant.

Peg ferma les yeux et se cacha la tête dans les mains.

— Dépêche-toi, gémit-elle. J'aime pas voir étriper les gens que je me suis envoyés.

— Ouais, dit Swann, fais vite avant que son salaud de loup ait le temps de se pointer.

Le couteau se balança d'avant en arrière éblouissant Cora qui saisit un sac et le serra contre elle pour se protéger.

— Allez ! ordonna Swann. Vas-y ! Laisse tomber les jeux de jambes, troue-la !

La lame se planta dans le sac et le déchira.

Plusieurs billets verts glissèrent par la déchirure.

Le bandit s'arrêta en ouvrant des yeux ronds.

— De l'oseille ! dit-il.

— Hé ! cria Swann en montrant le sac. Ça y est !

Effectivement, ça y était.

La réaction de Cora fut instantanée. Elle se baissa, attrapa les billets qui étaient tombés, les fourra dans le sac par la déchirure.

— Hop ! cria-t-elle en sautant agilement en l'air comme un joueur de basket, tout en jetant le sac par la fenêtre en haut, près d'eux.

Puis elle se désintégra et sortit en volant de la blouse sale. La chauve-souris, puissante comme un aigle, monta en flèche de la fosse avec des petits couics et de grands battements d'ailes.

Peg lui tira dessus. La balle de .357 Magnum ricocha contre le mur et frappa Swann à la tête, mettant son cerveau en bouillie.

*

L'hélicoptère était posé, comme un scarabée mort, dans un coin, derrière le bâtiment. La chauve-souris vola par la fenêtre et atterrit juste à côté, redevenant Cora en mettant pied à terre.

Elle attrapa le sac et regarda le ciel... oui, effectivement, le ciel devenait mauve. Combien de temps lui restait-il ? Quelle heure était-il ? Cinq heures et demie ? Six heures ?

Peg apparut à la fenêtre, au-dessus de Cora.

— La voilà ! beugla-t-elle. La vache ! Elle est à poil !

Cora se mit à courir vers une haute clôture en fil de fer par-dessus laquelle elle jeta le sac avant de l'escalader. Elle sauta de l'autre côté, dans un parc de stationnement.

Une balle siffla au-dessus de sa tête.

Elle ramassa le sac et piqua un sprint pour atteindre la rue.

Une autre balle fit voler en éclats le phare d'une voiture en stationnement.

Cora tourna la tête.

Peg et un des bandits avaient déjà franchi la clôture. Derrière eux, les pales des rotors de l'hélicoptère tournoyaient et déclenchaient des ouragans de poussière.

— Reviens ! hurla Peg. Reviens, espèce de sale voleuse !

Cora fonça dans Denmark Avenue, la traversa, tourna dans Eisenhower Place et passa devant Willow Park.

Des balles résonnaient sur les murs, autour d'elle. Une d'elles percuta la vitrine d'un magasin de chaussures et le verre explosa.

— Cora ! beugla Peg. Attends ! On partagera avec toi !

Elle tourna dans Liberty Street, passa devant le séminaire et prit Shakespeare Avenue.

Elle plongea dans une porte cochère, puis regarda la rue.

L'hélicoptère piquait sur elle en rasant les réverbères.

Puis elle vit Peg et le bandit tourner le coin du séminaire.

Le pilote vit Cora, descendit et posa l'appareil juste devant la porte.

Ce qu'il ne vit pas, c'était la voiture de patrouille cabossée qui sortait en dérapant de Vincent Lane et entrait dans l'avenue, roues bloquées et freins grinçants.

*Ououout-ououout-ououout !*

Continuant sur sa lancée, elle s'écrasa contre

l'hélicoptère dans un vacarme assourdissant de métal tordu et arraché.

Un flic au visage mongoloïde, tenant une mitraillette Thompson, tomba par la portière et roula dans le caniveau.

L'hélicoptère, essayant désespérément de prendre de l'altitude, s'éleva de six ou sept mètres en entraînant la voiture écrabouillée, qui pendouillait comme une ancre de navire.

Puis il explosa, faisant jaillir une gerbe rouge de flammes.

Cora sortit de la porte cochère et se mit à courir sous le volcan de feu. Des pneus, des enjoliveurs, un volant, des pare-chocs, des ailes, des tableaux de bord et des milliers de pièces de moteurs et de carrosserie se mirent à pleuvoir, transformant la rue en un dépotoir enfumé.

Elle tourna dans Vincent Lane.

Une pale de rotor la dépassa en tournoyant, percuta un poteau et le scia en deux. Une boule de feu tomba sur une pile de cageots édifiée sur le trottoir et les embrasa.

Cora continua à courir vers Vincent Road.

— Cora !

Une balle passa en sifflant près de son oreille. Peg et le bandit étaient à vingt-cinq mètres derrière elle.

Et, derrière eux, était le flic qui hurla :

— Bougez plus !

Cora, bouillant de rage, prit le sac dans ses bras.

Les salopards ! Sales gêneurs, ordures d'empêcheurs de filer avec les ronds ! Quel culot ! De quel droit ces peigne-culs se permettaient-ils d'essayer de contrecarrer ses intentions ?

Elle respira un grand coup, tendit ses muscles tremblants et fit appel à ses dernières réserves de vigueur. Elle porta le sac à sa bouche et le mordit à pleines dents.

## XXXIX

La louve, fine, élancée, agile, courait en bondissant le long de Vincent Road, le sac coincé entre ses mâchoires.

Elle passa devant deux morts étendus sur le trottoir à côté d'une pompe à essence.

Un peu plus loin, elle vit une Golf en bouillie, couverte de pieux plantés dans son toit et dans ses flancs.

*Zing-zzzzz !*

Une balle de Magnum rebondit sur le trottoir.

— Je te vois ! cria Peg.

La louve, changeant de direction, fila dans une transversale.

Elle s'arrêta derrière un arbre.

Descendant la rue dans sa direction, arrivait un vieil homme portant une croix sur l'épaule et suivi par une procession de torches enflammées.

— Pas de quartier ! hurlaient des centaines de voix. Carnage ! Mutilation ! Massacre !

— Purifiez-nous, Seigneur ! gloussait le vieil homme. Baignez-nous dans le sang de nos ennemis ! Ouais !

— Ouais, gémissait la foule. Du sang ! Du sang !

Le loup gronda et recula précipitamment ; il s'accroupit et bondit dans les branches d'un arbre.

Juste à temps, car la bande de chanteurs fanatiques défilait maintenant de tous côtés, envahissant les deux trottoirs aussi bien que la rue.

— Repentez-vous ! cria le vieux zélateur. Rachetez-vous ! Priez ! Priez de toutes vos forces !

— Priez ! répondait le chœur. Priez !

— Priez pour la lumière ! Priez pour le salut du jour !

— Alléluia ! brama le chœur.

— Là ! hurla le vieux, changeant sa croix d'épaule et tendant le bras. En voilà un autre ! Et un autre ! Et encore un autre !

Peg et le voyou venaient de tourner le coin. Ils s'arrêtèrent tout net quand ils virent arriver la horde.

Puis le flic arriva en courant derrière eux, et en braquant sa mitraillette.

— Bougez plus ! brailla-t-il. Vous êtes tous en état d'arrestation !

— Attrapez-les ! ordonna le vieux. Des pieux ! Des marteaux ! Des haches ! De l'ail !

La milice chargea en hurlant.

Peg et le bandit tentèrent de s'échapper mais le

flic leur barrait le passage avec sa mitraillette, prêt à tirer.

— Bougez plus ! rugit-il.

Ils plongèrent chacun d'un côté, quand il tira une rafale.

Le vieux zélateur, criblé de balles, s'écroula.

La milice se rua sur Peg, le bandit et le flic.

Dans son arbre, la louve se régala de voir Peg clouée brutalement au mur d'une boulangerie avec trois pieux dans la poitrine et trois autres dans le ventre. On bourra d'ail la bouche du flic avant de le pendre par les pieds à un réverbère. Le bandit fut étalé par terre et sa tête et ses membres furent tranchés à coups de hache.

Une femme aux yeux fous saisit la croix du zélateur.

— Regardez ! hurla-t-elle en brandissant la croix. Regardez et écoutez ! Nous ne sommeillerons et ne dormirons point !

— Alléluia ! beugla la foule.

Ils se remirent à marcher en chantant un cantique à la gloire du Sauveur.

— Amen, chuchota une voix.

La louve sursauta et se retourna.

Derrière elle, appuyé contre le tronc de l'arbre et confortablement coincé entre deux branches, se trouvait Brand, son sac sur les genoux.

*

La louve fatiguée trottait dans la ville, se dirigeant vers l'ouest, fuyant les lueurs bleues adamantines de l'horizon, à l'est. Brand, perché sur son dos, tenait les deux sacs.

— Courage, mon chien courant de la nuit ! (Il enfonça ses talons dans les flancs engourdis de la louve.) Nous sommes presque arrivés. Tournez à gauche au prochain carrefour !

Ils restaient dans les petites rues, allant de Fullerton à South Hamilton, puis Hamilton et le Stade, de James Drive à Westwood et le champ de courses, puis de Lance à Carpenter Street, à Carson Street, Arch Square, Bainsborough Street, Truman Avenue et, enfin, Greenlawn Boulevard.

— Nous y voici ! cria Brand. (Il lui tira les oreilles en arrière pour l'arrêter et mit pied à terre.) Très bien, bravo !

La louve leva des yeux troubles et vit l'immeuble où se trouvait son appartement se dresser au-dessus d'elle.

Cora redevint femme.

— Oh, nom de Dieu ! grogna-t-elle, nue, avachie, toujours à quatre pattes, incapable de se lever. Ouille-ouille-ouille ! Quelle heure est-il ?

— Il est l'heure, dit-il en l'aidant à se lever. Comment vous sentez-vous ?

— Dégueulasse !

— En tout cas, essayez de ne pas vous évanouir avant d'être arrivée en haut.

Elle avait laissé ses clés sous un pot de fleurs, au

bord de l'allée. Elle les prit, ouvrit la porte de l'immeuble et précéda Brand dans le hall obscur.

Ils se précipitèrent dans l'ascenseur et montèrent jusqu'au neuvième étage.

— Jusqu'ici, tout va bien, dit Brand en gloussant de plaisir. Si notre chance veut bien tenir quelques secondes de plus...

— Non, Brand, dit-elle en frissonnant. Je sens des vibrations mauvaises.

— Ah, bah ! C'est l'épuisement physique et la tension nerveuse qui vous font dire cela. Ça ira mieux quand vous aurez bu un verre.

Elle ouvrit la porte de son appartement. Ils entrèrent en chancelant dans le salon.

— Et puis, je suis inquiète pour Tony, dit-elle en refermant la porte à clé. Qu'est-ce qui a bien pu lui arriver ?

— Rien de ce qui a pu lui arriver ne saurait égaler l'horreur que j'ai vécue cette nuit. (Il posa le sac sur la table.) Et pourtant, regardez-moi ! Je suis là ! Et je suis intact !

— Il n'a pas vos capacités.

— C'est vrai, reconnut-il modestement. Seulement, il a quand même cent cinquante ans. Il est grand temps qu'il commence à s'occuper de lui-même. Et maintenant, comptons l'argent !

— C'est ça, fit une voix méprisante.

Ils se retournèrent.

Argoli et Eddie sortirent de la chambre, armés tous deux d'un .45 et d'un crucifix.

# XL

— Oh, misère, soupira Brand.

— Des créatures, siffla Eddie avec haine en s'avançant et en les menaçant de son crucifix. Des vampires !

Cora et Brand mirent la main devant leurs yeux et reculèrent.

— Laisse tomber, Eddie, dit Argoli.

— Des monstres non morts !

Eddie arracha le sac des mains de Cora.

— Ça suffit ! dit Argoli en le tirant en arrière.

— J'ai vu son cercueil ! cria Eddie en tendant le doigt vers la chambre. Son cercueil ! Sainte Mère de Dieu ! Son cercueil !

Il embrassa son crucifix et fit le signe de la croix.

— Cora, dit Argoli en s'approchant. Cora, allons, regardez-moi. (Elle le lorgna entre ses doigts écartés.) Qu'est-il arrivé à Peg et à ses moricauds ?

— Ils ne sont plus dans le coup, répondit-elle. Zigouillés.

— Très bien. (Il toucha la hanche découverte.) Parfait.

— Des v... v... vampires ! bégaya Eddie. Des s... sa... saloperies de vampires !

— Oui, bon, alors ce sont des vampires, dit Argoli en haussant les épaules. Et alors ? C'est leur problème. Notre problème, à nous, s'appelle un million deux. (Il agita son revolver pour désigner les sacs.) Tout est là ? (Cora hocha la tête.) C'est tout ce qui compte. (Il prit les deux sacs, les posa par terre à côté de la porte et dit :) Maintenant, nous allons attendre un peu, hein ? (Il traversa la pièce, tira les rideaux et ouvrit la fenêtre.) Et nous regarderons le soleil se lever.

Cora et Brand se mirent de côté et se plaquèrent contre le mur tandis qu'au-dessus d'eux s'étendait une grisaille épaisse, graisseuse, visqueuse et brûlante.

— Enfer et damnation ! gémit Brand. Trois fois maudite saloperie de damnation !

— Regardez-les ! fit Eddie avec un petit rire nerveux. Regardez-les, ces rats immondes ! Hi ! Hi ! Hi ! Mais regardez-les !

— Du calme, Eddie. (Argoli alluma un cigare.) Ne sois pas cruel.

— Ah, Monsieur, dit Brand en tendant la main. Auriez-vous la bonté de m'offrir un dernier cigarillo ? Cela serait aussi peu cruel que possible !

— Mais certainement, dit Argoli en lui donnant un cigare et en lui passant son briquet.

— Attention, patron ! (Eddie s'était précipité pour les séparer avec son crucifix.) Ne vous approchez pas trop de ce salopard !

Brand alluma son cigare et tira dessus goulûment.

— Merci, Monsieur, dit-il en lui lançant le briquet.

Argoli l'attrapa et se tourna vers Cora dont la nudité l'attirait comme un aimant.

— Vous n'êtes pas la fille de Cora Dane, dit-il. Vous êtes la Vierge de Glace en personne, n'est-ce pas ?

— C'est vrai, avoua-t-elle.

— Quel âge avez-vous ?

— Je suis née en 1876.

— *Che orrore !* s'écria Eddie.

Argoli recula, un peu commotionné.

— Mon père avait raison, murmura-t-il.

Elle le regarda par-dessus son épaule, en se protégeant les yeux.

— Votre père ?

— Il savait ce que vous étiez.

— Comment ? Cesare l'Ancien le savait ?

— Ouais. Et je ne le croyais pas...

— Il le *savait ?*

— Oui, bien sûr.

— Depuis... (elle avait oublié la lumière du jour et leur situation catastrophique — pendant un instant elle oublia tout, sous le coup de la surprise et de l'incrédulité.) Depuis quand ?

— Depuis le jour où les flics ont fait une descente dans le Club Stuyvesant et où vous avez passé la nuit au violon. C'est *là* qu'il a compris.

— Mon Dieu !

— Ne prononcez pas le nom de Dieu en vain ! fit Eddie d'un ton sec.

— Et il n'a jamais rien fait ? Pendant toutes ces années, il n'a jamais rien fait ?

— Non, il vous aimait bien. (Argoli secoua la tête, tristement.) Il m'a fait promettre de ne rien faire non plus. « À moins qu'elle ne te cause du tort », m'a-t-il dit. « Alors tu pourras la renvoyer à l'endroit d'où elle vient. » Eh bien, vous m'avez fait du tort, n'est-ce pas, Cora ? Alors je vous renvoie là-bas, mon chou, comme convenu.

— Ouais, dit Eddie, bavant et crachant de haine. Retournez là-bas ! Maintenant !

La grisaille de l'aube se parait de riches couleurs... rouge, or, vert, prune, citron argenté. Cora sentait faiblir le rythme de boléro de son cœur.

— Ça y est, fit Brand d'une voix tremblante. Voici venu le grand moment.

— Résidus de cimetière ! cracha Eddie. Retournez en poussière !

Cora sourit :

— Pourrait-on souhaiter épitaphe plus appropriée ?

— Bof ! (Brand souffla la fumée en un cercle parfait.) Il fallait bien que ça arrive tôt ou tard. Le temps n'est qu'illusion.

— Enfin... (Cora regarda la fenêtre en plissant les yeux.) Je reverrai le soleil...

Elle resta bouche bée en voyant cinq grandes chauves-souris voler dans la pièce.

— Crapules ! bredouilla Eddie. Sales crapules !

— La ferme, Eddie, fit Argoli. Laissons-les s'éteindre en paix.

Tony et quatre femmes ravissantes se tenaient devant la fenêtre — nus tous les cinq.

— En paix ? ricana Brand. Oh, ce serait trop demander. Laissez-moi simplement jeter un dernier coup d'œil au ciel. (Il se retourna et les vit. Le cigare lui en tomba des lèvres.) Holà ! fit-il, les yeux écarquillés.

Deux filles s'approchèrent d'Argoli, les deux autres s'avancèrent derrière Eddie. Avant que les deux hommes aient pris conscience du danger, ils étaient tous deux fermement empoignés et leur gorge sucée par des bouches avides.

Tony s'affala dans un fauteuil et présenta ses amies :

— Voici Janice... Dolly... Maggie... et Cynthia. (Il massa sa jambe enveloppée de bandages.) Il m'a fallu leur promettre de partager avec elles, expliqua-t-il. J'espère que cela ne vous ennuie pas. C'est toute une histoire que je vous raconterai plus tard. Merde ! Je suis complètement dans les vapes ! Ah oui... euh... elles ont aussi des problèmes de logement, alors elles vont s'installer avec nous. (Il sourit à Cora.) Désolé, mais c'est comme ça. Je n'avais pas les moyens de refuser.

Cora les regardait, l'œil fixe, incapable de réagir.

Brand se frotta les mains et éclata d'un rire joyeux.

— Excellent ! Parfait ! s'écria-t-il. Pas de problème, il y en a assez pour tout le monde ! (Il s'inclina devant les quatre filles.) Mes hommages, Mesdames. Regarde-moi ça, Anthony.

Il s'approcha des sacs en sautillant, en prit un, le détacha, l'ouvrit et le vida par terre.

Les quatre jeunes femmes interrompirent leur repas pour regarder l'argent. Les yeux leur sortaient de la tête.

Tony bondit en jappant de bonheur.

— Hé ! Sainte mère ! (Il traversa la pièce en boitillant et renversa un tabouret.) Nom d'un chien ! Combien ça fait, Brand ?

Brand vida l'autre sac :

— Un million deux cent mille dollars.

Tony tomba à genoux en gargouillant :

— *Dollars ?*

— Ben, c'est pas de la monnaie de singe, gamin.

— Ça fait combien, divisé par sept ?

— Tu m'en demandes trop ! Aucune idée.

Cora prit le tabouret, le remit sur ses pieds, puis elle ramassa le cigare de Brand avant qu'il ait brûlé le tapis et le posa dans un cendrier.

— Cent soixante et onze mille quatre cent vingt-huit dollars, dit-elle, et cinquante-sept *cents*.

Elle alla fermer la fenêtre et les rideaux.

## XLI

Le clair de lune du mois d'août était resplendissant.

Cora se tenait sur le plongeoir. Elle leva les bras et s'étira langoureusement.

Elle regarda la maison. Pour ne pas changer,

toutes les fenêtres étaient éclairées, ce qui voulait dire que la facture d'électricité serait encore énorme, ce mois-ci. Mais ce n'était pas grave. Cela revenait à moins de deux mille dollars par personne et par an.

Beaucoup moins que ne leur coûtaient leurs trois jardiniers vietnamiens.

Mais il fallait reconnaître que ces derniers avaient bien gagné leur salaire.

Elle contempla le jardin. Son regard était une caresse et ses entrailles vibraient de bonheur et d'orgueil, comme à chaque fois qu'elle faisait l'amour avec sa propriété.

Oui, tout prenait tournure. La pelouse était si bien tondue qu'on aurait dit un lac, les buissons étaient taillés à la perfection et les massifs de fleurs s'épanouissaient à merveille.

Pourtant, les oiseaux évitaient les arbres... Ils ne venaient jamais de ce côté de Woodlawn Street, sauf quelques corbeaux et corneilles... Mais jamais une alouette, un rossignol, une mésange...

Elle se demanda pourquoi.

Bof ! Qu'ils aillent au diable ! Elle les entendait chanter dans le parc, cela revenait au même.

Elle plongea gracieusement dans la piscine, puis elle grimpa l'échelle et enfila un peignoir de bain sur son maillot.

Dans le zoo, le loup lui hurla quelque chose.

Elle fit un porte-voix de ses mains et répondit en hurlant :

*Dors, ma vieille sentinelle !*

Il répondit :

*Et toi, ma bien-aimée ?*
*Je vais me coucher maintenant, mon cœur ! Bonne nuit !*
*Bonne nuit ! mon adorée !*

Elle rit. Que ce vieil animal était donc galant ! Un de ces soirs, elle se transformerait et irait lui rendre visite dans sa cage, comme ça, pour rigoler.

Elle fit un dernier tour de jardin et souhaita une bonne nuit à Eddie et à Argoli.

Leurs corps, débités en tranches, étaient enterrés dans plusieurs trous, là-bas, sous le chêne, derrière la chapelle de Tony.

« Les jeux sont faits, mes garçons !! ! » cria-t-elle en français. « Rien ne va plus. »

La chapelle était une horreur, aussi moche qu'un W.C. (Brand l'appelait « les gogues en brique de Logan ») mais son architecte paysagiste lui avait assuré qu'elle serait très chouette quand la vigne-vierge commencerait à recouvrir les murs.

Elle retourna lentement vers la maison en chantant doucement :

*La vie est vraie, elle est sincère*
*La tombe n'est pas son objet*
*Tu es poussière et seras poussière*
*Ce n'est pas d' l'âme qu'on parlait.*

Dans le grand salon, Tony, Dolly, Brand et Cynthia jouaient au poker. Janice était allongée sur le canapé ; elle lisait une bande dessinée. Affalée par terre, Maggie disposait les pièces d'un gigantesque puzzle.

Cora entra par la terrasse et resta un moment à les regarder, s'assurant que personne n'enfreignait ses prérogatives de propriétaire.

Ils étaient en tenue de soirée — très chics. Tony, Brand et Dolly en veston de smoking blanc, Janice et Cynthia pareilles à des mannequins de *Vogue* dans leur aube de Givenchy.

Mag était nue.

Ils buvaient tous de la bière.

Cora eut une grimace exaspérée. De la bière ! Et le poker ! Et Maggie ! Elle était toujours comme ça, vautrée par terre et à poil, ce qui donnait au salon des allures de lupanar. Et Dolly s'était habillée en homme, encore une fois. Ciel ! Et Cynthia portait beaucoup trop de bijoux. Et...

Mais non.

Elle se refusait à les réprimander. Tout compte fait, ils observaient tous le décorum.

Surtout Brand.

Diable ! Il avait l'air d'une gravure de mode. Il s'était fait faire neuf ou dix costumes et portait toujours la cravate. Depuis le mois de juin, il portait aussi un monocle super et un bouc aussi soigneusement taillé que les buissons du jardin. De plus, il jouait au tennis tous les soirs et commençait à maigrir.

Non content de cela, il avait fini par déménager son cercueil de la salle à manger pour l'installer en haut, dans la chambre mauve.

Cela aurait pu être pire.

Avec la manche de son peignoir, elle essuya un grain de poussière sur la table du téléphone.

Oui, bien pire.

— N'avais-tu pas rendez-vous avec ton agent de change ce soir, Janice ?

— Demain soir, répondit Janice en bâillant. Nous dînons ensemble au Rockaway.

— Et toi, ma petite Maggie, tu as bien rendez-vous avec ces gens de West Camden ?

— Je les vois jeudi, répondit Maggie.

— Que veulent-ils ?

— Ils veulent me vendre un supermarché et un drive-in. J'achèterai si Tony veut bien être mon associé.

— Pas question ! cria Tony derrière ses cartes. J'ai déjà pris trop d'expansion. Je n'investis plus dans l'immobilier.

— West Camden est en plein essor, intervint Brand en allumant un cigare. Mes deux bistrots de Jefferson Road ont triplé de valeur au cours des quatre derniers mois. Triplé !

— Moi, dit Tony, je m'en tiendrai aux actions, aux obligations et aux diamants. Et aux lingots.

Cora alluma une cigarette et se servit une coupe de champagne.

Dieu merci, ils avaient tous la tête sur les épaules en ce qui concernait leurs investissements. Leur sens des affaires était même beaucoup plus développé que le sien. Elle n'était propriétaire que d'un immeuble — celui de Greenlawn Boulevard dans lequel se trouvait son ancien appartement — et elle commençait à accuser des pertes... surtout depuis qu'elle avait donné congé à tous les locataires du neuvième étage.

— Il est cinq heures, les enfants ! annonça-t-elle.

— Oh non ! grogna Tony. Déjà ?

— Mille tonnerres ! protesta Brand. Les heures filent de plus en plus vite. « *O lente, lente currite, noctis equi !* »

— Août est un mois dégueulasse, dit Cynthia en jetant le paquet de cartes sur la table. Les nuits sont vachement trop courtes.

— Nous avons le temps de faire un peu de musique, dit Cora, à condition de nous presser.

Ils allèrent dans la salle de musique.

Cora sortit son violoncelle d'un placard et prit place sous son portrait peint par Whistler.

Brand sortit son violon de l'étui.

Tony s'assit au piano.

Maggie, Dolly, Cynthia et Janice sortirent de leur boîte un tuba, un cor d'harmonie et deux trombones.

— Qu'est-ce qu'on joue ? demanda Brand. Encore le do majeur ?

— Oui, dit Cora. Le premier mouvement. Il n'est pas tout à fait au point.

Le Triple Concerto pour violon, violoncelle et piano en do majeur de Beethoven était la première œuvre qu'ils pouvaient jouer sans partition. Cora, Brand et Tony connaissaient, bien sûr, le concerto par cœur et, au bout de quelques mois de répétitions, les filles pouvaient exécuter leur accompagnement en *tutti* avec leurs cuivres, sans trop improviser.

— Et cette fois, dit Cora, essayons de respecter le tempo allegro. (Elle pinça la corde do.) Prêts ?

Ils ne purent attaquer car Brand éclata en sanglots.

Les autres le regardèrent avec stupéfaction.

— Hé, Oswald ! (Tony bondit et courut à lui.) Qu'est-ce qui ne va pas, vieux ?

— Heueueueu ! braillait Brand, secoué de sanglots. Eeeeaaahuuu !

— Prends son pouls, Mag ! ordonna Janice.

— Desserre sa cravate, Dolly ! cria Cynthia.

— Il a besoin de boire un verre ! (Tony courait dans tous les sens, complètement paniqué.) Du cognac ! De la vodka !

— Brand ! (Cora le prit par l'épaule et le secoua brutalement.) Enfer et damnation ! Qu'y a-t-il ?

— Pardonnez-moi... (Il sortit son mouchoir de sa poche et se moucha.) Ce n'est rien... Pardon... excusez-moi, Cora... (Il lui baisa la main.) C'est parce que... je... c'est...

— Quoi ? demanda-t-elle doucement en lui caressant la joue.

— Parce que je suis heureux, pleurnicha-t-il. Tellement... tellement... heureux...

— Arrête ! s'écria Tony en riant. Tu me fends le cœur !

— Ne te moque pas de moi... c'est vrai... je vous jure... (Il ôta son monocle mouillé et l'essuya sur son coude.) Sincèrement ! C'est la vérité ! Je... cela... (Il agita son violon dans leur direction.) Tout cela... c'est le bonheur ! La béatitude ! Le bonheur absolu ! Beethoven, oui ! Oh, oui ! Jouons un allegro !

— D'accord ! (Cora lui tira affectueusement la barbiche.) Un allegro, un !

Elle pria :

*Ô, Dieu ! Ma coupe déborde ! Faites que cela dure, je vous en supplie ! Oui, bien que je sois dans la vallée de l'ombre de la mort, protégez-moi de mes ennemis ! Ayez pitié de moi et de ces pauvres créatures ! Laissez-nous habiter la maison du Seigneur pour toujours !*

— Un, deux, trois !

Elle frappa de l'archet sur son violoncelle.

Ils jouèrent leur concerto.

## DU MÊME AUTEUR

### *Aux Éditions Gallimard*

*Dans la collection « Série Noire »*

MORTELLE RANDONNÉE, *n° 1811* (« Folio Policier », *n° 11*)

LA VIERGE DE GLACE, *n° 1884* (« Folio Policier », *n° 278*)

### *Aux Éditions Rivages/Payot*

LA REINE DE LA NUIT

TROUILLE

À CÔTÉ DE LA PLAQUE

ET NE CHERCHE PAS À SAVOIR

CRABE

Composition I.G.S. - Charente Photogravure
à L'Isle-d'Espagnac (16)

Impression Novoprint
à Barcelone, le 7 novembre 2002

Dépôt légal : novembre 2002
ISBN 2-07-042631-9 / Imprimé en Espagne.

14981